U0075065

都是神仙惹的禍

文 王文華　圖 托比

序

踏上西遊，拜訪妖怪！

我家拜齊天大聖。他在二樓神明廳，手持金箍棒，神情威武。

我曾好奇的調查同學家：最熱門的是拜媽祖娘娘，第二高票是大慈大悲的觀世音菩薩，然後是什麼王爺什麼大帝，只有我家供奉齊天大聖孫悟空。

忘了介紹，我家在大甲，鎮瀾宮海內外聞名，每年要去北港朝天宮繞境進香，家家戶戶拜媽祖很正常。

小時候，我的好奇心強，例如：大甲的媽祖，北港的媽祖外加大甲去北港沿路的所有媽祖廟，不都是同一個媽祖嗎？為什麼要趕著三月小陽春，從大甲往北港走上七天六夜？

既然都是媽祖廟，拜一間不夠嗎？

這疑問，我是看完西遊記才找到解答的。

齊天大聖有七十二變，觔斗雲一翻十萬八千里，如意金箍棒十萬八千斤重。

沒人比我更熟悉他的。這點我有自信，因為他就在我家二樓神明廳嘛。

孫悟空的絕招很多，其中之一就是拔一把毫毛，嚼一嚼，變出幾千幾百個分身。

當時我想，媽祖娘娘一定也跟齊天大聖學了這門法術。她身上沒猴子毛，但是她有頭髮呀，忍痛拔一小撮，嚼一嚼，就能變出幾千幾百個媽祖娘娘，然後從澎湖天后宮一直到大甲鎮瀾宮再彎去北港朝天宮，這裡一個分身，那裡一個分身。小五那年，我媽帶我去進香，其實就是去拜訪這些分身，那其實比較接近便利商店集點換獎品，每一個分身拜一拜，拜得愈多，蒐集的法力就愈高，最後就能讓願望成真。

沒錯吧。

小五進香那年，我的包包裡有一本西遊記，全本文言文的。

不是我語文程度高，只因為我家沒其他故事書，我又是文字控，包包裡得有書呀。進香的路上，我半猜半讀的讀完它。

愈看愈覺得孫悟空了不起，西天路上多少妖怪呀，他要侍奉一個遇到困難就掉眼淚的師父，碰到不如意的事就喊解散的豬師弟，對了，師父還懷疑他、誤解他，動不動就叨念著緊箍兒咒。

孫悟空有通天的本領，卻被咒得在地上打滾兒，他怎麼不跑呢？他只要翻個觔斗就十萬八千里了呀，難道唐僧的咒語能千山萬水的追下去？

更好笑的是那些妖怪。

明明都抓到唐僧了，卻沒人敢一口吃了他，總是很有規矩的互相警告：「唐僧有個大徒弟不好惹，只有把孫悟空抓起來了，才能安心享用。」

唉，這些笨笨的妖怪，怎麼沒有一個嘴快的，硬要一口咬了唐僧，那就長生不老了，既然長生不老了，那就不怕孫悟空的鐵棒了呀。

怎麼沒有妖怪想到呢？

《妖妖要吃唐僧肉》集合了西遊記裡貪吃的妖怪，來吧，嘴快一點，看誰先啃到唐僧肉。

西天路上，妖怪其實也有很厲害的，像是獨角犀牛王，他的金鋼琢把大大小小神仙的法器都收掉了；像平頂山三魔王，他的翅膀一揮九萬里，揮兩下就贏過孫悟空了……

這些厲害的妖怪們，你們怎麼會戰敗呢？

組個妖怪聯盟不行嗎？齊天大聖要出動如來佛才鎮得住，如果把這些比孫悟空還厲害的妖怪找來組成聯盟……哇，於是有了《怪怪復仇者聯盟》。

西遊記裡的妖怪，其實有很大一部分來自天庭，像是奎木狼星，像是嫦娥身邊的小白兔，像是金角、銀角，他們放著天庭裡長生不老的幸福日子不過，何苦下凡當妖怪？

一定有什麼陰謀，神魔不分，《都是神仙惹的禍》說的就是這些分不清是神是魔的妖怪。

孫悟空有金箍棒，鐵扇公主有芭蕉扇，加上陰陽二氣瓶，會吸人的紫金葫蘆，如果拿這些神奇寶貝來做排行，我想第一名是金剛琢，第二名應該是芭蕉扇，什麼，你不同意我說的？沒關係，讀完《神奇寶貝大進擊》，人人心中有把尺，人人都能評出自己的神奇寶貝排行榜。

寫【奇想西遊記】這套書時，我一直在爬梳，想理清這麼多妖怪的真面目，寫著理著，慢慢的我發現一個真理，想當個好妖怪，除了頭怪腳怪身體怪，還有個性也要很古怪。說起古怪，這世上每個人都有點兒小小的怪吧？

有的人愛錢，要他捐一毛錢，那比殺了他還痛苦。怪不怪？

有人貪吃，除了嘴巴，其他四肢根本不想動。怪不怪？

有的人嗜賭，即使砍了他十根手指頭，他照賭不誤。怪不怪？

還有人為了分數，作弊、偷翻書，考完了還分分計較。你說怪不怪？

人人血液裡都有一點兒「怪怪」的基因，有的人怪得很可愛，像是愛畫畫愛小貓；有的人怪得挺可怕的，像是愛喝酒愛打架……

愈想愈明白，原來妖怪始終來自於人性，沒有這麼多怪怪的人類，哪來這麼多反應人性的妖怪？

這些妖怪就像一面面的鏡子，他們埋伏在西遊路上等你光臨，我們也要感謝他們用自己妖怪的惡名，替我們承擔世上這些怪怪的惡。

好囉，咱們踏上西遊，拜訪這些妖怪吧！

目錄

序 踏上西遊，拜訪妖怪！ 02

人物介紹 06

1 赤腳大仙的冤情 14

2 二郎神出征 23

3 如來佛的手掌心 31

4 銀角大王 42

5 裝天的寶貝 52

6 幌金繩 65

7 好一窩孫悟空 74

8 母葫蘆不響公葫蘆響 82

9 獨角犀牛王 88
10 神兵利器博物館 97
11 八百里通天河 122
12 死的去，活的住 134
13 除蠅高手表揚大會 140
14 肚子裡的孫悟空 152
15 調虎離山計 158
456 讀書會 175

推薦文 千古傳唱的「西遊」故事 中正大學中文系教授 謝明勳 180
推薦文 從經典中再創西遊記的新視界 東海大學中文系副教授 許建崑 184

人物介紹

取經四人組

唐三藏

又名唐僧

- 法術：緊箍兒咒
- 戰鬥指數：0

唐三藏善良仁慈，奉唐太宗的命令去西天取經，他唯一的絕招是緊箍兒咒，咒得孫悟空疼痛不已。真實的唐僧，其實是唐朝著名的玄奘法師，他獨自一個人，花了十九年的時間到印度取回佛經，翻譯成中文，是中國佛教史上的偉大翻譯家、旅行家。

孫悟空

又名孫行者、美猴王、齊天大聖

- 兵器：如意金箍棒
- 法術：七十二變、觔斗雲
- 戰鬥指數：99
- 最怕：緊箍兒咒

孫悟空出生於東勝神州花果山一顆大石頭，跟著菩提祖師學法術，他大鬧天宮後，被如來佛鎮壓在五行山下五百年，經過觀音點化，保護唐僧往西天去取經，這一路上，遇妖降妖，遇魔伏魔……

沙悟淨

又名沙僧、沙和尚

- 兵器：降妖寶杖
- 戰鬥指數：69

沙悟淨原是天上的捲簾大將，因為失手打破琉璃盞，誤觸天條，被逐出天庭後，在流沙河裡興風作浪。經過觀音菩薩點化，是取經四人組最後加入的成員。

豬八戒

又名豬悟能

- 兵器：九齒釘耙
- 法術：三十六變
- 戰鬥指數：72

豬八戒法號悟能，本來是天上的天篷元帥，因為酒醉調戲了嫦娥仙子，被處罰下凡投胎做人，只是他誤入畜牲道，變成了豬頭人身。因為懶，只學了三十六變化，變身時，長鼻子永遠變不掉，雖然人在取經路上，卻老想著回高家莊，繼續做妖怪去。

赤腳大仙

・法術：赤腳大法、天耳功、天眼功

・戰鬥指數：60

赤腳大仙打著赤腳在四海雲游，他接到王母娘娘的邀請參加蟠桃盛會，孫悟空卻騙了他，再變身成他去搗亂盛會，玉皇大帝誤以為是赤腳大仙的錯，把他綁在捆仙柱上，成了神仙界的笑話。孰可忍，孰不可忍，赤腳大仙下定決心，要用盡一切方法，阻止孫悟空去取經。

- 寶貝：紫金紅葫蘆、羊脂玉淨瓶，七星劍，芭蕉扇、幌金繩
- 戰鬥指數：70

金角大王和銀角大王原本是看守太上老君金爐的童子，孫悟空大鬧天宮時，踢翻了金爐，他們跟著倒楣，被判守五行山下五百年，煉製鐵丸銅汁給孫悟空吃。五百年後，他們偷了太上老君的法器，下凡為妖，等著找孫悟空算帳。

靈感大王

・兵器：九瓣銅錘
・法術：呼風喚雨結河成冰
・戰鬥指數：75

靈感大王家住觀音菩薩的蓮花池裡，原是一條愛聽經的小金魚，聽著聽著修煉出法力。赤腳大仙邀他下凡，他手持九瓣銅錘，躍進通天河為妖，要村民送童男、童女給他吃，連唐三藏一行人都中了他的計，掉進通天河。

獨角犀牛王

・兵器：點剛槍
・寶貝：黃金圈子（金剛琢）
・戰鬥指數：80

獨角犀牛王本是太上老君的座騎青牛，被赤腳大仙私放下凡，他覺得青牛的形象太拙，還是犀牛勇猛，於是變身成犀牛王。他有一個神奇的黃金圈子，只要把它往天上一拋，不管是洪水、大火，還是金箍棒、棒棒糖，全被他沒收，他蒐集的寶貝太多了，整天忙著蓋倉庫和博物館，就為了放他這些寶貝。

獅駝山三魔

大魔王

- 兵器：大魔王使大刀、
  二魔王拿長槍、
  三魔王手持方天畫戟
- 寶貝：陰陽二氣瓶

獅駝山三魔王中，論法力，三魔的法力最高；論人數，這裡共有四萬八千個小妖，外加三魔是獅駝國的國王，妖氣沖天，勢力龐大。孫悟空能打敗大魔二魔，但是三魔飛得比孫悟空的觔斗雲還快，翅膀一拍就是九萬里，拍兩翅膀就追上孫行者！

二魔王

三魔王

1 赤腳大仙的冤情

左腳右腳，沒有香港腳，
前腳後腳，今天打赤腳。
常打赤腳身體好，
天天赤腳道行高。

一朵祥雲，傳來歌聲，啊，那是赤腳大仙。
大仙很開心，他要去參加西天王母娘娘的蟠桃盛會嘛。
為了這場盛會，他特地把腳洗三遍，擦六遍，噴上九層香香的爽身

粉，這才出門。

滿天神佛有九十九萬九千九百九十九位，能得到邀請的，其實不超過一百位。

「那是王母娘娘垂愛。」赤腳大仙眉開眼笑。

祥雲在空中自由飛，前頭跳下齊天大聖來。

齊天大聖是可愛的小猴子，他問：「大仙去哪裡呀？」

「我去參加王母娘娘的蟠桃盛會呢。」

「哦，還好，玉帝說我的觔斗雲跑得快，要我向大家說，今天先到通明殿整隊，集合完，他帶大家去瑤池，這樣才有禮貌。」

「玉帝英明，」大仙好開心：「幸好碰上你，謝謝啦。」

大仙掉轉祥雲，揮揮手，加快「雲」力，往通明殿去。

眾神都還沒到，通明殿裡裡外外好安靜，連守門的石獅也在睡覺，鼾聲呼嚕呼嚕的。

祥風吹，吹得菩提樹上掉下幾片黃葉。

祥風再吹，又吹落幾片黃葉。

又幾片黃葉。

落葉堆成一座小山……

「大家怎麼還不來？」大仙等累了，打個哈欠，他也想睡了。

等大仙睜開眼睛時，天都黑了，石獅正用舌頭舔著他。

「不會吧，還沒有神仙來集合？還是他們來時，我在睡覺，那就有點過分哦，應該把我叫醒呀。」

赤腳大仙急忙駕上祥雲，猛加雲力，飛到瑤池，那裡……

椅子倒滿地，桌子翻了，造酒的仙官、搬酒的力士、運水的道人、燒火的童子全都睡著了。

「起來啦。」大仙一叫，眾仙繼續睡，搖不醒，拉不醒，赤腳大仙拿來一桶水，潑刺！往他們頭上倒，終於把大家潑醒了。

眾仙揉著眼睛，東看看，西看看，突然瞪大眼睛喊聲糟：

「大仙，你怎麼拿瞌睡蟲害我們睡著，還把仙酒和珍果給吃光了？」

「我？」

「是呀，你剛才朝我們灑瞌睡蟲，你慘了啦，蟠桃盛會被你弄得亂七八糟了。」

「我？我才剛到呀。」

「明明就是你！」那些酒官、力士不由分說，強拉著他去找玉帝。

「啟奏玉帝，臣等奉旨造酒，籌辦蟠桃盛會，赤腳大仙卻用瞌睡蟲讓我們睡著了，他趁機偷光蟠桃盛會的玉液瓊漿，桌上的八珍果品也被他吃個精光。」

赤腳大仙急白了臉：「玉帝明鑑呀，不是我呀！」

玉帝氣得鬍子都翹起來了：「這麼多神仙指證歷歷，你還想狡辯，殿前天王，把他綁在捆仙柱。」

捆仙柱在大門口，神來仙往的，大家都看得到。

「怎麼當神仙的嘛。」仙女們說。

「想喝酒也不是這麼個饞法呀！」仙童們說。

「唉，丟盡神仙的臉哦。」年高德劭的仙翁說。

一句一字，說得赤腳大仙抬不起頭來。從沒有過的恥辱呀，他本是

嗚～
我是冤枉的！

神仙界第一好脾氣的大仙，無端端被綁在柱子上就夠丟臉了，再被這麼多神佛指著鼻子罵，赤腳大仙真想鑽進雲裡躲起來。最慘的是，他還無從辯起。

大家都說是他，那就是他了。

他氣得渾身發抖，卻無可奈何，只能低著頭，不斷的嘆著氣，每嘆一口氣，地面就颳起一陣颱風。

嘆呀嘆呀，一群神仙吵吵嚷嚷的進大殿，求玉帝作主。

太上老君煉的九轉金丹，被齊天大聖偷吃光了。

王母娘娘也說，齊天大聖奉命管理蟠桃園，卻把園裡的大桃子吃光了，還用定身法，困住七位仙女。

玉帝派人去找齊天大聖。

齊天府的仙吏回報：「大聖昨日出門就不見了。」

「反了，反了，」玉帝氣呀，「一定是他假扮赤腳大仙，偷偷去蟠桃盛會喝酒。」玉帝手一指，托塔天王和哪吒接令，率領著十萬天兵天將，去抓齊天大聖孫悟空。

李天王領兵出南天門，滿天神佛送行，事情實在太嚴重，從來沒有神仙敢大鬧天宮。也許就是這麼嚴重，也就沒有一位神仙想到：被冤枉的赤腳大仙還被綁在捆仙柱上。

赤腳大仙咬牙切齒：「孫悟空，你給我記住！」

戰報如流水……

花果山被圍得水洩不通了，但是孫悟空一條棒子，擋住托塔天王與哪吒；他拔下毫毛，變出千千萬萬個孫悟空，打敗了十萬天兵天將。

玉帝緊抓著龍椅的扶手：「都輸了？」

「都輸了。」探子說，「不過，有個好消息。」

「朕這時最需要好消息了，快說。」

「觀音菩薩來了，他來參加蟠桃盛會。」

2 二郎神出征

觀音菩薩來，這算什麼好消息？

往年快快樂樂的蟠桃盛會，今年被孫猴子搗亂，滿天神佛去打架，被打得抱頭鼠竄，說起來顏面無光……

觀音笑笑：「陛下寬心，貧僧推舉一位神仙，能擒這頑猴。」

「誰？」

「二郎神君，他有梅山六將相助，帳前還有一千二百位草頭神，神通廣大，如果陛下能調他去……」

玉帝等不及，立刻派大力鬼王去調二郎神。

二郎神到了花果山，跟孫悟空打得昏天暗地。二郎神抖擻神威，變成萬丈身高，赤紅頭髮，青面獠牙；孫悟空也使出神通，喊聲變，身材也是萬丈高，兩人這場大戰，連天庭都能感受到震撼。

另一邊，梅山六將放出草頭神。草頭神刀槍不入，能飛天，能鑽地，打得花果山上的猴妖四散奔逃。

玉帝問：「那後來呢？」

探子如流星：「孫悟空見到妖猴四散，收了神通，變成麻雀，二郎神大步趕上去。」

「結果？」玉帝問。

探子說：「二郎神的第三隻眼睛能看穿天地，能辨認妖精……」

「那些朕都知道，結果是什麼，你快點說。」

「他認出麻雀是孫悟空，自己變成老鷹撲過去；孫悟空跳進水裡變成一條小魚兒，二郎神化成魚鷹，朝著小魚兒啄過去，差點兒啄到孫悟空。孫悟空又變作水蛇鑽進草中，二郎神再顯神通，成了丹頂鶴，伸出長嘴咬水蛇，孫悟空眼看性命不保，連忙跳出山崖，滾下山坡，最後變成一座土地廟，嘴巴是廟門，舌頭變菩薩，眼睛變窗戶，還把尾巴變成了旗杆。」探子一口氣說到這裡，殿上神佛聽得好入神，這場鬥法實在太精采。

「然後呢？」赤腳大仙在門口的柱子上問。

「二郎神追到小廟邊，他說：『大廟小廟我見多了，從沒見過旗竿豎在後面的，這隻猴子想騙我進去。哼，看我拳打窗戶，腳踢門板。』那間小廟聽了，飛到空中，不見了。」

哼，逃不過我的
第三隻眼！
郎廟

「又讓他跑了？」玉帝問。

「托塔天王照妖鏡一照，看見孫猴子冒充二郎神，飛去二郎廟接受香火。」

「可惡呀！」赤腳大仙大吼，「為什麼要假冒別人！」

「綁在柱子上的別插嘴！」玉帝回吼了一聲，「然後呢？」

探子說：「二郎神追過去，他們又打在一起，打出廟門，打回花果山，被天兵天將團團圍住了。」

玉帝心急：「所以他們還在打？」

「是！」探子說。

「咱們去天門外觀戰吧。」玉帝帶大家來到南天門外，眾神看到十萬天兵天將把花果山圍成一大圈，中間是二郎神和孫悟空在大戰。

觀音菩薩躍躍欲試：「我助二郎神一臂之力。」

大家問：「菩薩用什麼兵器？」

「我用淨水瓶打他。」

太上老君說：「唉，你那瓷瓶子掉到地上就碎了吧？還是我來！」

他取出一個閃亮亮的金剛琢，「別小看它，它能變化萬千，水火不侵。」

他把金剛琢一丟，金剛琢落下去敲中孫悟空，孫悟空跌一跤，二郎神的細犬追上去咬住他，梅山六將按著他，把他帶回天庭。

「大鬧天宮？你敢大鬧天宮，朕今天把你斬了！」玉帝氣呀，大力鬼王們急忙出列，把孫悟空綁在降妖柱上。

聽說要斬孫悟空，大家都來看熱鬧。敢惹十萬天兵天將，現在……

行刑官大刀一砍……刀斷了。

用斧頭剁他……孫悟空的頭沒事，斧頭鈍了。

更多的武器輪番上陣，但是……

長鎗刺不穿，短劍削不下，降天火燒不著，用雷劈他三天三夜，哦，竟然連孫悟空的一根毫毛也劈不到。

玉帝煩：「好不容易抓到了，卻傷不了他。」

仙佛成千上萬，聽了玉帝的話，大家你看看我，我看看你，沒有神仙能想出辦法來。

太上老君走上前：「陛下，猴王吃蟠桃、喝御酒，盜仙丹，練成金剛不壞之身，讓我把他關進八卦爐，燒他、煉他，把他化成灰吧。」

「好好好，你快去辦。」

太上老君領旨，帶著孫悟空去煉丹。

玉帝累了，回去休息了。

眾神們看了大半天，紛紛告退了。

靈霄寶殿裡，安安靜靜的，除了一聲長長的嘆息。

啊，是赤腳大仙。

「你怎麼被綁在這裡？」觀音菩薩的耳朵靈。

「我……我被誤會了呀。」赤腳大仙霹靂啪啦說了半天，總而言之，都是孫悟空惹的禍，害他在這裡丟人現眼。

「那……快下來呀。」

觀音菩薩向玉帝稟告時，赤腳大仙已經被綁了六天六夜。

3 如來佛的手掌心

天上一日，地上一年，赤腳大仙被白白綁了六年。

再好的脾氣，也都要冒火的。

大仙氣孫悟空，天天等在兜率宮外，他要親眼看到孫悟空變成灰。

兜率宮裡，煉丹爐燒得霹靂啪啦響。火愈旺，赤腳大仙心裡愈舒坦。

「哼，把猴子煉成猴子灰。」赤腳大仙想。

想呀想呀，望呀望呀，赤腳大仙足足等了七七四十九天，太上老君這才命令金童銀童開爐。

滋——

爐蓋打開，呼叱一聲，裡頭跳出一隻火眼金睛的猴子。他踢翻八卦爐，嚇跑了金童銀童。赤腳大仙想攔，也被他打成倒栽蔥。

這猴子在爐子裡悶了七七四十九天，悶壞了，他從耳裡掏出鐵棒，一路乒乒乓乓打到大殿外，滿天神佛擋不住，孫悟空愈打愈有精神，他嚷著：「玉帝讓出寶座，今天換老孫坐坐！」

「誰誰誰，來人啊，快擋著他呀。」玉帝在殿裡著急。

「我們，我們，我們快擋不住了呀——」天兵天將喊著，一不小心，全被孫悟空掃下凡間。

怎麼辦？怎麼辦？玉帝急中生智，想起西天的如來佛。

如來佛有大神通，說來就來，他到了靈霄寶殿外，請天兵天將讓出

一條路，孫悟空厲聲說：「哪裡來的小毛神，不讓老孫打個痛快？」

「我是釋迦牟尼尊者，你為何大鬧天宮？」

「人家說：『皇帝輪流做，今年到我家。』只要玉帝把天宮讓給老孫住，那就罷了。如果他不讓，老孫天天跟他攪亂。」

佛祖笑：「你有什麼能耐，敢來霸占天宮？」

「我有七十二變，長生不老，觔斗雲一翻十萬八千里，厲害吧？」

「我與你打個賭，你如果能翻出我的右手掌，不必動刀兵，我請玉帝把天宮讓給你；如果翻不出我的手掌心，你還是下凡當妖怪！」

赤腳大仙嘆口氣，如來佛輸定了，他的手掌那麼小，孫悟空一觔斗十萬八千里，隨便都能跳出去呀。這一急，忍不住說：「如來佛，不好吧。」

如來佛微微一笑：「沒問題的，孫猴子，上來。」

佛祖伸出右手，那右手立刻變成荷葉那麼大，孫悟空跳上去，大叫：「老孫去了！」

眾神都看到，孫悟空像個風車，不斷的在佛祖手掌上轉呀轉，但是怎麼轉，卻只在佛祖的右掌心上，等他停下來，還自言自語的說：「這裡就是天的盡頭了，哈哈哈，有如來佛做證，天宮是我的了。」

他拔下身上的毫毛變成筆，在如來佛的中指上寫了一行字：「齊天大聖，到此一遊。」寫完，還在大姆指邊撒了尿，這才乘著觔斗雲，翻呀翻呀。

如來的法力真的高超，大家都能見到孫悟空在如來佛的掌心裡翻觔斗，他自己卻以為在宇宙裡轉呢。

翻了老半天，終於翻累了，孫悟空停下來，站在如來佛的掌上說：

「我去到天盡頭了，天宮該我住了。」

赤腳大仙狂笑：「哈哈，你這尿精猴子，根本不曾離開佛祖的手掌心啊！」

「哼，天盡頭有五根紅柱子，我還留了記號呢，你們不相信？敢不敢跟我去看看呢？」

「不必去，你自己低頭看吧。」如來佛的右手中指上有行小字，仔細看，上頭寫著「齊天大聖，到此一遊」。

對了，佛祖的大姆指邊還有猴子的尿臊味呢。

「我不信，我再去看看。」孫悟空想逃，佛祖手掌一翻，手指化成高山，將這猴子壓住，抽出符，寫了咒，貼在山頂上。

齊天大聖到此一
老孫到此一遊！

佛祖召喚：「赤腳大仙何在？」

赤腳大仙上前問：「敢問佛祖，有什麼吩咐？」

「我知道你跟孫悟空有仇，現在給你個報仇的機會，孫悟空被監押在五行山下時，你負責看守。他害你被綁六年，你看他五百年，這五百年間，他若是餓了，你給他吃鐵丸子，渴了，讓他喝溶化的銅汁，五百年後，自然會有人來放他。」

赤腳大仙開心了，「等他刑期滿了，我還要找他算帳呢。」赤腳大仙在心裡暗自說著。

天上一日，人間一年。

人間五百年，在天宮看來，也只是一年多。

這一年多呀，天宮無事，被孫悟空搗亂過的地方，整理好了：蟠桃樹長得綠意盎然，仙酒重釀百甕，太上老君的煉丹爐，日日冒著白煙，提煉出各式各樣的仙丹。

看起來，好像一切都過去了，但是有些神仙，他們忘不了。

天庭裡，律法森嚴，如來佛的弟子不專心聽經，被判投十次胎。

統領十萬河兵的元帥喝醉酒，跟嫦娥說冷笑話，被罰投胎變成一隻小豬。

捲簾大將失手打破琉璃燈，貶下人間成河童。

孫悟空大鬧天宮，那些造酒的仙官、搬酒的力士、運水的道人、摘蟠桃的仙女全都被處罰，貶官的貶官，投胎的投胎。

當然，也包括赤腳大仙。

大仙這一年來，過得慘兮兮。

天庭裡的神仙都記得：有個不穿鞋子的笨神仙，被孫猴子騙去通明殿，抱著石獅睡了一夜。

他們還記得，那個笨神仙，後來被綁在捆仙柱上六天六夜，要不是觀音菩薩救了他，「說不定，他現在還綁在柱子上呢。」

「綁在柱子上的神仙，應該叫做……」

「柱子神？還是柱子仙？」

「不不不，我覺得乾脆叫做大柱神。」

聽著聽著，赤腳大仙嘆了口氣，他還得下去五行山，看看孫悟空變成什麼樣？

五行山，山勢優美，五座連綿不絕的高山……砰的一聲，一陣地裂山崩，孫猴子跳出來，舞著金箍棒，跟著一個和尚往西方去了。

赤腳大仙緊張了，這猴子怎麼能自己跑出來？

他正想去追，後頭有人拉拉他：「大仙，沒咱們的事了。」

拉著他的是兩個童子，一個金臉，一個銀臉。

「你們是……」

「你看守孫猴子五百年，餵他吃鐵丸、喝銅汁，那些鐵丸銅汁就是我們兩兄弟煉的。」

「你們？」

「是呀，五百年前孫猴子大鬧天宮，踢翻太上老君的煉丹爐，玉帝一追究，我們看爐子的也有責任，被罰煉這五百年的鐵丸和銅汁。」

大仙氣得跺了跺腳：「說來說去，都怪孫猴子闖的禍！」

他跺那幾下太用力了，五行山沒倒的山頭，又倒了兩座。

「一切都怪孫猴子。」金童、銀童說。

「那你們……」

「哼，我們要在路上等他，他不來便罷了，來了，絕不讓他好過！」銀童說。

赤腳大仙又跺了跺腳，唉呀，又被他震倒了一座山。

「要不是我得趕著回天庭覆旨，不然我也很想去找孫猴子算帳呢。放心，我人在天庭，心在江湖，我會從天上，好好觀照你們。」赤腳大仙忿忿的說著，大步踏往天上去。

4 銀角大王

孫悟空保護唐僧去取經，有妖降妖，遇怪打怪，高家莊收了豬八戒，流沙河添了沙悟淨，取經隊伍愈弄愈整齊。

赤腳大仙坐在南天門，一邊摳腳丫子，一邊使出天眼通：「哈哈，取經四人組走進平頂山了。」

平頂山是金童、銀童住的地方，赤腳大仙忍不住握著拳：「加油呀，金童、銀童。」

他的聲音傳不到地面，但是地面上的聲音呢？赤腳大仙用天耳功聽得清清楚楚。

山路難走，孫悟空和豬八戒商量：「我們一人照顧師父，一人巡山探路。」

「照顧師父怎麼做？巡山探路又如何呢？」

「選項一，顧師父：師父上廁所，你伺候；師父吃齋，你化齋；餓著師父，你該打。」

「巡山呢？」

「巡山？打聽打聽這是什麼山，什麼洞，住著什麼妖，什麼魔，打聽清楚，我們好過山。」

「簡單，我去巡山吧。」豬八戒扛起釘鈀，高高興興的進山。

赤腳大仙看得好仔細，孫悟空變成小蟲，附在豬八戒的耳朵下。

走呀走，豬八戒走得滿身汗，他把釘鈀一丟：「老豬找個地方睡覺，到夢裡巡山吧！」

他一躺下去，還沒打呼嚕，突然慘叫一聲跳起來：「什麼妖怪咬我？」

赤腳大仙笑得好開心：「那是孫悟空變的蟲子叮你。」

豬八戒聽不到赤腳大仙的話，不過他也看到那隻蟲子，他怨著蟲子：「猴子欺負我，你也要欺負我，我不睡這裡，行了吧？」

走呀走，他扛著釘鈀找到一顆大石頭，赤腳大仙以為他想睡覺，沒有，豬八戒對著那顆石頭鞠躬，說：「回去後，如果師父問我，山裡有沒有妖怪，我就說有妖怪。這是什麼山呢？我說是石頭山。山裡什麼洞什麼門？我就說是石頭洞石頭門。師父若是問我裡頭大嗎？我說裡頭有三層，妖怪有幾個？我說……嘿，我說老豬心急記不真。」

「啊？他編這個要騙唐僧？他不知道孫悟空在他耳朵後頭？」赤腳大仙笑得從階梯上滾下來……

等他爬起來坐好，豬八戒已經走回去了。大仙還看到，一隻小蟲飛到唐僧面前，變回孫悟空。

唐僧問：「八戒呢？」

孫悟空笑著說：「他在山裡編謊話。」

「你又要冤枉他了？」

「師父，是真的，不信，等他回來我問他。」

唐僧等了半天，豬八戒回來了，他說：「徒弟，辛苦了。」

豬八戒說：「爬山走路，當然辛苦。」

唐僧問他：「你有遇到妖怪嗎？」

「有妖怪，有一堆妖怪哪，他們都叫我豬祖宗、豬外公，準備了素湯圓、素米粉請我吃，還說要抬轎子送師父過山呢。」

孫悟空搶著說：「你是在草堆裡睡覺，說夢話吧？」

「這……這……你怎麼知……」豬八戒急忙掩住嘴巴，差點兒說溜嘴了。

孫悟空揪住他的耳朵：「我問你，這兒是什麼山？」

「石頭山。」

「什麼洞？」

「石頭洞。」

「什麼門？」

「石頭門。」

「裡頭有多大呀？」

「裡頭有三層。」

孫悟空大笑：「剩下的我替你說了吧。」

豬八戒說：「你又沒去過？」

「我知道，如果師父問洞裡有幾個妖怪？就說老豬心急記不真，對不對呀？哼，你把石頭當成我們，編了謊話騙師父？」

「師兄，難道你跟我去巡山？」

孫悟空罵他：「叫你去巡山，你跑去睡覺，要不是我變成小蟲子叮你，你還在睡呢。說謊又偷懶，該打！」

豬八戒急：「師兄，被你的金箍棒打一下，哪活得成呀？」

唐三藏替他求情：「讓他再巡山去，若再說謊，我也不饒他。」

豬八戒揉揉耳朵，他怕孫悟空又躲起來跟著他，一路上，看見石頭鞠躬，撞到柳樹行禮：「師兄，我沒偷懶哦！」

平頂山的路很長、很彎、很陡，豬八戒走了很久，抬頭一看，什麼東西飄下來？

他伸手一抓，是張粗糙的黃紙，紙上畫了四個人。

白臉的和尚像師父，瘦瘦小小的猴子像大師兄，最後頭的河童如果是沙悟淨，中間長嘴大耳朵的……

「是我？」

豬八戒開心的跳起來：「老豬變成大明星，被人畫在紙上了！」

他看看四周，唉呀呀，漫天都是這樣的黃紙片，四處還傳來一陣陣吶喊：

「抓唐僧，吃唐僧，吃了唐僧得永生！」

「抓唐僧，吃唐僧，吃了唐僧得永生！」

這是哪一派妖怪呀，敲鑼打鼓，發廣告傳單？

豬八戒急忙撿拾黃單子，一張兩張三張十張五十張，黃單漫山遍野，再來十個豬八戒也撿不完。

「不撿了，回去找師兄，他喊聲變，就能變出千千萬萬個孫悟空，請他們幫忙撿單子。」

豬八戒扛著釘鈀往回跑，另一頭，銀童帶了一批小妖也在巡山，不過，他下凡成妖，大妖小妖都叫他銀角大王。

幾個小妖瞧見豬八戒。

「前面的是誰？」

今日
我最帥！
通緝令
賞金
$20,000,000

「我……」豬八戒嚇一跳，「我走路的。」

小妖們看看黃單：「長嘴大耳朵，你是豬八戒。」

豬八戒急忙把嘴巴藏進衣服裡：「不不不，我的嘴不長。」

「長嘴巴，豬耳朵，你就是豬八戒！」小妖們齊聲大叫，想把他抓回家，豬八戒舞著釘鈀，吆吆喝喝，但是妖怪眾多，打了這個還有那個，推了那個又來一個，豬八戒愈打愈慌，一不小心，跌個狗吃屎，小妖們齊齊趕上，抓鬃毛，揪耳朵，拉著尾巴，扛扛抬抬。

豬八戒就這麼被抬進蓮花洞裡了。

5 裝天的寶貝

銀角大王喜滋滋的喊：「大哥，抓到啦！」

洞裡的是金童，他現在也改了名，叫做金角大王。

金角大王看看黃單，看看豬八戒：「抓錯了，不是唐僧。」

銀角說：「錯了也沒關係，用水浸浸，鹽巴醃醃，晒乾了，陰天可以當豬肉乾下酒呢。」

「還是兄弟聰明，連陰天的零嘴都想著了。」金角大王點點頭，「兄弟，辛苦一下，去把唐僧抓來吧。」

「大哥，你先準備蒸籠，我去抓唐僧來蒸。」

天庭上，赤腳大仙聽得頻頻點頭：「有好戲看了。」

地面上，銀角大王帶著小妖走在山道上，他突然停下腳步，指著前方說：「哈，說唐僧，唐僧到。」

小妖們問：「唐僧？在哪裡呀？」

「好人頭上祥雲繞，壞人額頭黑氣多，唐僧是金蟬長老下凡，他頭上的祥雲又濃又直。」

小妖的功力不夠，只看到滿天烏雲：「沒有哇！」

銀角大王用手一指：「在那兒呀！」

「哪兒呀？」

「就那兒嘛！」

銀角大王一連指三次，唐三藏連打三個噴嚏，他跟孫悟空說：「我怎麼突然全身發冷？」

「師父，您一定是擔心妖怪，讓老孫走前頭，耍耍棍子，替您壓驚。」

說耍就耍，孫悟空的金箍棒舞成一團金光閃耀。

銀角大王站在山頭瞧了瞧，忍不住嘆口氣：「好厲害的猴子，誰打得過他呀？」

小妖們說：「大王，別長他人志氣，滅了自己威風，我們滿洞妖精，全跟他拚命。」

「五百年前，十萬天兵天將也抓不住他，何況你們。沒人打得過孫悟空，想抓唐僧，要用計謀。」

「計謀？」

銀角大王的手在臉上一抹，變成了一個寬袍大袖的老道士：「我就是計謀。」

老道士要小妖躲起來，這才坐在路邊喊：「救人呀，救人呀。」

「嘿，這個有創意，」赤腳大仙點點頭：「從來都是孫猴子騙人，難得有妖怪敢騙他，看他怎麼辦？」

地面上，唐三藏看到老道士，下馬想扶他，老道士卻喊腿疼：「昨天遇到老虎，他咬走我徒弟，我跑到這兒跌斷腿，喊了一天一夜，難得被您碰到了，請救救我。」

唐三藏有善心：「騎我的馬吧？」

「腿傷不能騎。」

「我請悟淨背你。」

銀角大王看看沙悟淨：「他臉色凶狠，我害怕。」

唐三藏對孫悟空說：「只好你來背了。」

「好好好，我來背，」孫悟空冷笑說，「老孫有火眼金睛，一看就知道你是吃人的妖精。」

唐三藏罵他：「悟空，『救人一命，勝造七級浮屠。』背就背了，怎麼說人家是妖精呢？」

眼看師父生氣了，孫悟空不敢再多說，背著銀角大王就走。

銀角大王一看有機可趁，念了聲訣，施展移山倒海法，挪來一座須彌山。

孫悟空把頭一彎，須彌山壓在他左肩上。

「一座山壓不住你？」銀角大王又作法調來峨嵋山，孫悟空把頭彎

了彎，峨嵋山壓在他的右肩。

一次扛兩座山，孫悟空照樣能說能笑，健步如飛，銀角大王急呀，他念動咒語，想請泰山來，但是泰山重，飛了一半飛不動，南天門上的赤腳大仙決定助他一「腳」之力，從南天門踢了一腳，咚的一聲，泰山壓頂。

這三座大山一壓下來，孫悟空終於手腳發軟，咕咚一聲，被壓在山底下啦。

「哈哈哈，得手啦。」銀角大王袖袍一捲，連唐僧帶著白馬、沙悟淨，全帶回蓮花洞。

「哥哥！蒸籠備好了沒有呀？我把唐僧抓來，也把孫悟空壓在三座山底下，可以準備刀叉吃唐僧啦！」

金角大王擔心：「猴子被壓在三座山底下了？」

銀角大王打包票：「當然，壓得扁扁的了。」

「沒親眼見到扁扁的孫悟空，我還是不放心。」金角大王說。

銀角大王說：「大哥別擔心，我派精細鬼、伶俐蟲拿紫金葫蘆去裝孫猴子。」

「好好好，咱們的紫金葫蘆神通廣大的，」他轉頭吩咐精細鬼、伶俐蟲，「你們寶貝拿好，見了孫猴子，把葫蘆的底朝天，口朝他，叫一聲：『孫行者。』他回答了，就會被裝在裡頭，貼上『太上老君急急如律令』的符咒，一時三刻後，他就化成水了！」

兩個小妖叩了頭，拿著寶貝，興匆匆上山去抓孫悟空。

只是，平時走慣了的山路，現在突然多了三座山，他們在山裡繞來

繞去，繞得滿頭大汗，正想歇歇腿，路邊遇到一個老道士。

「道士，山裡妖怪多。」精細鬼嚇他，「小心，妖怪吃了你。」

老道士很和藹：「我不是道士，我是蓬萊仙島的神仙。」

「唉呀，我們真是有眼不識泰山。」

神仙笑一笑：「你們現在就站在泰山底下嘛。」

精細鬼說：「這座泰山是我家二大王調來壓孫悟空的。」

伶俐蟲說：「我們還帶葫蘆要來裝孫悟空呢。」

南天門上的赤腳大仙搖搖頭，他看得很清楚，山神哪敢困住孫悟空，早早放了他出來。孫悟空愛記恨，妖怪變道士騙他，現在他就變成道士回頭騙妖怪。

「一報還一報。」赤腳大仙想，「這兩個小妖要倒大楣了。」

果然，天耳靈功傳來假神仙的話：「那猴子很無禮，我陪你們去抓他。」

伶俐蟲說：「不必啦，我們有寶貝葫蘆，只要叫他一聲，他回答了，立刻把他裝進去，一時三刻就化成水啦。」

伶俐蟲名字叫伶俐，實際上不伶也不俐，光顧著把葫蘆給孫悟空看，沒注意孫悟空拔下毫毛，偷偷變出一個大大的紫金葫蘆：「你們那個小葫蘆能做什麼用呢？我這葫蘆才厲害。」

精細鬼說：「神仙呀，你的葫蘆中看不中用。」

「為什麼？」

伶俐蟲說：「我們的葫蘆，裡頭能裝一千個人呢。」

「裝人有什麼好稀罕，我的葫蘆有裝天大法。」

「裝天？」伶俐蟲好驚訝。

「你裝給我們看，不然就是個吹牛神仙。」精細鬼說。

神仙撫著鬍子笑：「你說我是吹牛神仙？呵呵呵。」

這神仙笑時，露出一副尖嘴猴腮，可惜兩個小妖只想看裝天大法，沒注意。

赤腳大仙看得分明，孫悟空低頭念咒，召喚日遊神。

日遊神聽了咒語，急著進南天門，還要赤腳大仙把腳挪一挪。

「趕著上哪去？」赤腳大仙故意問。

日遊神說：「孫悟空要騙妖怪，說是要來借半個時辰的天。」

「天哪能借呀？」赤腳大仙說。

「我也不知道，只能請玉帝想辦法。」

日遊神進了靈霄寶殿，沒多久，哪吒三太子扛著一面旗，站在南天門上，低頭望著地面。

地面上，孫悟空說：「我要裝天啦。」

他把葫蘆往天上一丟，毫毛葫蘆輕飄飄，風一吹，就在山頂飄了半個時辰。

哪吒一見葫蘆飛上來，連忙展開旗子，遮住日月星辰，四周黑漆漆，什麼也看不到。

精細鬼大叫：「明明是中午，怎麼就天黑了？」

伶俐蟲說：「神仙爺爺，你在哪裡說話呀？」

「我在你們面前呀。」

「我們只聽到你的聲音，卻不見你的人影，這是哪兒呀？」

「別亂動，這裡是東海邊，掉下去，七、八天都沉不到底呢。」

精細鬼求著他：「爺爺，快把天放了吧，免得我們落海呀。」

孫悟空念念咒語，哪吒旗子一收，陽光普照，還是正午。

伶俐蟲問：「神仙爺爺，我們的葫蘆能不能換你的葫蘆呀？」

精細鬼說：「別傻了，爺爺的寶貝那麼好，他哪肯跟我們換？」

孫悟空哈哈大笑：「那也說不定，我是神仙，要什麼有什麼，偶爾做個好心神仙，答應一下你們這麼不合理的願望……」

「爺爺，你肯呀？」

「你們這麼乖，叫了我幾百聲爺爺，我能不換嗎？」

「神仙爺爺，你裝天的葫蘆換了小葫蘆，你可不能後悔呀。」

孫悟空假裝懊惱說：「對喔，我好像吃虧了，讓我再想一想吧……」

兩個小妖一聽，搶了葫蘆就跑：「誰有空理你呀，再見了，你這個笨頭笨腦的笨神仙。」

他們前腳走，孫悟空就翻到南天門，謝謝哪吒用旗子遮住天地，經過赤腳大仙時，還要他挪挪腿：「不好意思，趕著取經呢。」

6 幌金繩

兩個小妖找個空曠的草地，合力把大葫蘆往天上一拋。

天上，白雲悠悠，葫蘆像風箏一樣，在空中飄飄蕩蕩，飄過了山頭，升上了藍天。

精細鬼追著葫蘆跑一陣，葫蘆不見了。

伶俐蟲大叫：「怎麼辦？不見了，不見了……」

當然不見了，赤腳大仙在天上嘆口氣：「孫悟空收回去了嘛。」

「弄丟葫蘆，」伶俐蟲說；「咱們快逃吧，離平頂山愈遠愈好！」

精細鬼嘆口氣：「唉，兩位大王法力無邊，能跑去哪？」

「唉，回去也是死路一條，大王會把我們做成妖怪肉餅。」

精細鬼拍拍伶俐蟲的肩：「二大王平時對你最好了，你老實告訴他，說不定沒事，若是逃走被他追上……」

「就成了妖怪肉餅？」伶俐蟲吐吐藍色的舌頭，「好妖怪，自己做事自己擔，走。」

他們垂頭喪氣的走，真是妖怪倒楣連蒼蠅都要來欺負，一隻討厭的綠頭蒼蠅，就這麼不緊不慢的跟著他們，走得快，蒼蠅跟得近；走得慢，蒼蠅停在他們頭上。趕不掉，揮不去，別的蒼蠅嗡嗡叫，這隻蒼蠅聲音卻像在哈哈笑。

「我打死你！」精細鬼對準蒼蠅，一巴掌巴過去。

蒼蠅飛快閃躲，那巴掌就穩穩的「巴」在伶俐蟲臉上，留下五隻火

紅的指印。

蒼蠅悠哉悠哉，彷彿發出一陣哈哈笑的叫聲。

南天門外，赤腳大仙氣得破口大罵，他不是罵小妖笨，是罵孫悟空：「這猴子真是……真是太狡猾，還變成蒼蠅，跟著小妖回洞。」

蓮花洞裡，兩個大王在喝酒，他們開心呀，抓了唐僧，困了孫悟空，根本沒想到，孫悟空變成蒼蠅進了洞。

兩個小妖跪在地上，你看看我，我看看你，誰也不敢先說話。

銀角大王問：「孫悟空呢？」

「嗯……」

金角大王咦了一聲：「伶俐蟲，你平時口齒伶俐，今天怎麼變啞巴了？」

「那個……」

兩位大王氣得把杯子砸向小妖：「孫悟空呢？」

精細鬼嚇得趴在地上，拚命叩著頭，把神仙騙走葫蘆的事說了一遍，金角大王聽得渾身發抖，他不是生氣，他是害怕：「算了算了，一定是孫猴子做的好事。孫猴子神通廣大，不但掙脫三座山，還變成神仙騙走葫蘆。師弟呀，咱們放了唐僧，別惹他了。」

銀角大王不同意：「師兄，我們還有『幌金繩』，不怕他。」

金角大王說：「幌金繩在母親那兒呢。」

銀角大王指著伶俐蟲：「你們去壓龍洞請老奶奶來吃唐僧肉，順便帶幌金繩來抓孫悟空。」

兩個小妖得了命令，互相看一看，伶俐蟲拍拍胸口：「好險好險，

弄丟寶貝沒被打，還能去請老奶奶，老奶奶出手最大方，每一次去，都有好東西吃。」

他們出了洞，綠頭蒼蠅也跟來了。

赤腳大仙在南天門上急得直跺腳，震得滿天烏雲晃。

伶俐蟲以為妖怪氣象局預報失準：「不是預報晴天嗎？」

精細鬼摘幾片山芋葉：「帶著吧，這裡離壓龍洞還遠著呢。」

「不，妖怪就是妖怪，任那風吹雨淋。」

「淋了雨生了病，那時會更怪，拿著。」精細鬼正要把山芋葉遞給他，後頭伸來一隻手：「給我吧，我怕下雨。」

那隻手的主人，藍頭髮青腦袋。伶俐蟲問：「你哪兒來的呀？」

那人說：「兄弟，你怎麼連我都不認得呀？」

「不認得，平頂山九萬九千九百九十九個妖，就沒見過你。」

「怎麼沒有呢？看仔細，我也是蓮花洞的。」

「蓮花洞？沒你這個妖呀。」

「唉呀，我是巡邏組的巴山虎，難怪你們不認識。」

「你上哪兒去呢？」

巴山虎舉著山芋葉：「大王怕你們走太慢，誤了正事，要我來盯著你們。」

「天色昏暗，看起來快下雨了。」伶俐蟲才說完，天上果然雷聲大作，他們一口氣跑了八、九里路。

他們跑得急，也沒想清楚，今天怎麼老是打雷又下雨，其實，如果他們抬頭看看，就會看到雲裡有隻大腳在跺呢。

傘還給我吧！
怎麼長得一臉猴樣？

那當然是赤腳大仙在跺腳：「這兩個傻瓜，剛才被騙了一次，這會兒又要上第二次當，那個巴山虎，明明就是……孫、悟、空呀！」

兩個小妖進了林子，高興的把山芋葉放下：「老奶奶家到了。」

後頭的巴山虎把臉抹一抹，現出一張猴子相：「到了？」

「到了，前頭的山洞就……咦，你怎麼看起來和剛才不太一樣？」

巴山虎笑笑：「當然不一樣，我是孫悟空嘛！」他拔出金箍棒，敲了敲他們的腦袋，咕咚、咕咚兩聲，精細鬼和伶俐蟲立刻變成兩張妖怪燒餅。

孫悟空拔下毫毛，叫聲「變——」，毫毛變成伶俐蟲，他自己扮成精細鬼，大搖大擺進了壓龍洞。

洞裡兩排小女妖，個個指著他：「見了奶奶還不跪？」

孫悟空沒跟人下跪過，為了騙寶貝，只好跪在地上，把兩位大王要邀請她一起吃唐僧肉，要帶幌金繩的事說了一遍。

老奶奶有一張血盆大口，四根獠牙往外冒，她拿著香巾手帕擦擦嘴，用比饅頭粗的口紅畫完大嘴，這才指著孫悟空：「精細鬼，走吧，去找你們大王。」

孫悟空不放心：「老奶奶，妳的幌金繩……」

「唉呀，我是妖怪當久，犯了糊塗精的病，等等，我去拿。」幌金繩在她手裡纏繞：「你抬轎子，咱們走吧。」

孫悟空說：「奶奶呀，繩子我替妳收著吧。」

老奶奶剛把繩子交給他，孫悟空的金箍棒一敲，咕咚一聲，老奶奶也成了妖怪奶奶燒餅啦。

7 好一窩孫悟空

老奶奶到了，蓮花洞洞門大開，兩排小妖全跪在地上迎接。

金角、銀角看見母親，搶著跪在地上磕頭：「母親呀，好久不見，近來可好。」

往常這時候，母親都會扶著他們起來，要他們別多禮。

今天不一樣，他們頭上的角磕得都快斷了，母親卻還說：「多磕幾個，多磕幾個。」

叩叩叩，叩叩叩，叩叩叩叩叩，老母親樂得哈哈笑：「兒子們，今天要請我吃唐僧肉，是嗎？」

「娘，唐僧肉吃了長生不老。」

「唉呀，唐僧肉我不愛吃，倒是豬八戒的耳朵好，給我割下來當下酒菜。」

一旁的菜刀妖喊聲好，跳上來要割豬八戒的耳朵。

豬八戒看得很清楚，轎子上哪是什麼老奶奶，明明就是孫悟空，他兩個紅屁股變不掉：「師兄，你別玩我啦。」

菜刀妖停在半空中，兩個大王抬起頭，盯著老母親。

老母親笑呀笑，搔頭搔耳的，不是猴子會是誰？

巡山小妖精恰好來報告：「大王，孫悟空把奶奶打成肉餅，」他抬頭一看：「那奶奶是孫悟空變的。」

銀角大王二話不說，七星寶劍朝孫悟空砍去，孫悟空也不招架，就往地上一滾，化成金光，溜出洞了。銀角大王想追，金角大王拉著他：

「二弟，放了唐僧吧，咱們惹不起孫悟空呀。」

「大哥，咱還沒跟他打，怎麼怕了他？敗了，再放唐僧也不遲。」

於是，銀角大王追著孫悟空出了洞，七星寶劍遇上金箍棒，劍來棒去，翻翻滾滾，打了三、四十回合分不出上下。

「孫悟空也沒什麼了不起嘛。」銀角大王正想呢，半空中卻跳來一根繩子，啊，那是幌金繩，這繩子迎風變長，套到人就自動收縮，如果不會念「鬆繩兒咒」，大羅金仙也逃不掉。

幌金繩套住銀角大王，孫悟空哈哈大笑。

銀角大王更高興，這是母親的寶貝，他念念鬆繩兒咒，回頭指揮那條繩子去套孫悟空。

這繩子很聽話，一捲就把孫悟空捲成了木乃伊。

孫悟空沒學過鬆繩兒咒，解不開幌金繩，銀角大王從他身上搜出紫金葫蘆，把他帶回洞裡，綁在柱子上。

他對金角大王說：「師兄，安心了吧？」

「安心，安心，吃酒去吧。」

他們的酒才喝一壺，肉才吃一塊，守門小妖跑進來：「大王，外頭有個悟空孫，指名要找你。」

金角大王嚇得渾身發抖：「剛抓了孫悟空，哪來的悟空孫？」

銀角大王安慰他：「大哥，別怕，我用葫蘆去抓他。」

「小心哪……」

「放心！」銀角大王說。

他到了洞外，嘿，真的有隻身材、長相跟孫悟空一模一樣的猴子。

「快放了我大哥孫悟空，免得我拆了蓮花洞。」

銀角大王很開心：「想報仇？我叫你的名字，你敢不敢回答？」

悟空孫拍拍胸脯：「你叫一千遍，我回答你一萬遍。」

「悟空孫！」銀角大王拿著葫蘆，叫了一聲。

「我在這裡呢。」悟空孫一答，颼的一聲，果然被葫蘆吸進去了。

銀角大王貼上太上老君急急如律令的符：「不管你叫孫悟空還是悟空孫，只要回答我，就會被吸進來，一時三刻後就化成水啦。」

金角大王煩惱呀：「他當年大鬧天宮，在八卦爐裡煉了七七四十九天，煉成金剛不壞之身，葫蘆哪能溶得了他？」

銀角大王笑著說：「大哥，不管是大羅金仙，還是天王老子，進了

到底有幾隻孫悟空？

葫蘆裡，早晚都要變成水的，你放一百萬個心，我們喝酒去吧。」

他們吃吃喝喝，葫蘆裡傳來一聲慘叫：「我的腿都化成水啦。」

金角大王想掀開看，銀角大王按著他：「不急，不急。」

不久，葫蘆裡又傳來：「哎呀呀，我的腰沒啦。」

金角大王好奇心重，把符揭了一角，往裡瞄了一眼：「孫悟空真的只剩半截啦。」

銀角大王警告他：「大哥，快把符貼上。」

「對對對。」金角把符貼得密密實實，沒注意到，符咒揭開時，有隻小蟲爬出葫蘆口，牠在地上一滾，滾成一個闊嘴小妖。

金角大王吃喝得正痛快，隨手把葫蘆交給闊嘴小妖，闊嘴小妖把葫蘆裝進衣袖裡，再變出一個假葫蘆，自己跑出洞啦。

南天門上，赤腳大仙在嘆氣：「你們為什麼不等等再開葫蘆呢？」他嘆的這口氣，從南天門吹到凡間，颳得蓮花洞的大門砰砰響，金角大王嚇得大叫：「誰……誰在敲門？」

「大哥別怕，是風聲。」銀角大王安慰他。

「抓了唐僧後，我左眼跳，右眼跳，跳得心神不寧，老以為……」

守門小妖說：「大王，外頭有個空悟孫，指名要找你們。」

乒啷一聲，金角大王酒杯掉在地上碎了：「幌金繩拴著孫悟空，葫蘆裡裝著悟空孫，現在又來個空悟孫？師弟，咱們別惹老孫家，放了唐僧吧？」

銀角大王拍拍他的肩：「大哥放心，葫蘆還能再裝九百九十九雙猴子呢！」

8 母葫蘆不響公葫蘆響

洞門外，空悟孫在耍金箍棒。

銀角大王雙手抱著胸：「又來一隻猴子精。我問你，我若叫你，你敢不敢回答？」

空悟孫說：「你叫我，我當然敢應你；不過，我如果叫你，你敢回答嗎？」

「怪了，我叫你是因為我的葫蘆能裝人，你沒事叫我做什麼？」

「葫蘆人人有，有什麼好稀奇，」空悟孫從袖子裡拿出葫蘆說，「妖怪，看仔細了嗎？」

「怪怪隆得怪，女媧補天時，掉下一塊補天石，這石頭經過數百年才長出一棵仙藤，結出這顆葫蘆，你的葫蘆是從哪來的？」

空悟孫笑嘻嘻：「巧了，我的葫蘆也是那棵仙藤結的，其實它一共結了兩個葫蘆，你的是母葫蘆，我的是公葫蘆。」

銀角大王不服氣：「別說誰公誰母，能裝人的才是好葫蘆。」

「有理，你先裝我吧。」

銀角大王跳到半空中，拿起葫蘆，叫著：「空悟孫。」

「在在在在在在在。」空悟孫連答八聲，葫蘆卻沒有任何動靜。

銀角大王跳下來，搖搖頭：「這葫蘆見到老公，害羞了，裝不動你。」

空悟孫跳上半空中：「該我叫了，銀角大王。」

銀角大王喊聲「有」，颼的一聲，他立刻被裝進葫蘆裡了。

重點是——銀角大王想到全身都化成水也想不明白：為什麼他的葫蘆裝不了空悟孫？

蓮花洞裡，金角大王嚇得全身發抖，忍不住哭了起來：「二弟呀，你就是不聽勸，為了吃唐僧，惹來一窩猴子精，害了你的性命，我哪打得過那一窩猴子呀？」

滿洞群妖，聽到大王的哭聲，一時間，忍不住也都哭了。

梁上的豬八戒說：「別哭啦，先來的孫悟空，後來悟空孫、空悟孫全是我師兄變的。他有七十二變，偷你的寶貝，裝了你的二弟，你二弟是死定了，你快煮素齋給我們吃，放了我們，我幫你師弟念一卷經，讓他早早投胎。」

「你笑我？」金角大王抹掉眼淚，「小妖們，把豬八戒拖來蒸，大家吃個飽，找孫悟空報仇。」

小妖們說：「大王，豬八戒皮粗肉厚不好蒸。」

豬八戒喜出望外：「阿彌陀佛，是誰積陰德，謝謝啦。」

金角大王氣得大罵：「剝了他的皮就好蒸了。」

豬八戒慌了：「老豬好蒸，別剝了我的皮吧。」

這邊為了先剝皮後剝皮爭吵不休，那邊又有小妖說：「大王，空悟孫又找上門來了。」

金角大王嚇死了：「還有誰能出征？」

滿洞妖怪站起來：「我們替二大王報仇！」

金角大王握著拳：「為了二弟，我……我不怕，咱們衝！」

蓮花洞門口大開，數不清的大妖小妖同時跑出洞，刀槍棍棒齊揮舞，這些小妖聲勢浩大，孫悟空的鐵棒左衝右撞，打不出妖怪陣。他拔下一把毫毛，嚼碎了噴出來，變成數十個大大小小的孫悟空，大的使鐵棒，小的用拳頭，再小的抱著妖怪咬，小妖怪們全被打退了，只剩下金角大王……

「你服不服？」

「我不服。」金角大王聲音在顫抖，「你……你還我兄弟來。」

孫悟空點點頭：「那就讓你們兄弟團圓吧，金角大王。」

金角大王答了聲「有」，颼的一聲也被裝進葫蘆裡了……

南天門上，赤腳大仙又嘆了口氣，金童、銀童不中用，打沒幾下全被收進葫蘆裡，如果讓孫悟空又多得了個葫蘆當武器，往後誰擋得住呀？

他站起來，大腳一跨就到了兜率宮，找到太上老君：「你的金童、銀童被孫悟空抓了，裝酒的葫蘆讓他搶了，你還不去討回來？」

「有這種事？」

赤腳大仙一陣苦笑：「難不成我還騙你呀？」

太上老君急了，連青牛都沒騎就下凡去，先找孫悟空討葫蘆，吹口仙氣變回金童、銀童……

赤腳大仙站起來，想走回去，那頭青牛朝他哞哞叫，大大的眼裡全是渴望。

「你也想下凡？」他呵呵一笑，把綁著牛的繩子一鬆……

9 獨角犀牛王

青牛溜出南天門，難得出門玩，對什麼都有興趣，什麼都想要。

例如稻草，凡間的稻草滋味好，怎麼吃都覺得妙，青牛特別挖了一個洞，把方圓五百里內的稻草全都藏進去：「以後有時間，我再來慢慢吃。」

例如糖，對啦，人間的糖種類繁多，什麼方糖、蔗糖、紅糖、健素糖，這青牛，不對，他下凡後，發現犀牛的體型強健造型勇猛，搖身一變，就變成了獨角犀牛王。

犀牛王愛吃糖，為了糖，他帶著牛精，闖進一家一家的糖果店，沒把糖搬光前，他哪兒也不去。

搬回來的糖放哪裡？

獨角犀牛王為它們挖山洞，一個又一個的山洞，裡頭全是糖果。

什麼都想要，什麼都想藏，犀牛山上，永遠都在挖山洞，蓋房子。

獨角犀牛王喜歡呀：「再挖洞，再蓋房，天下寶物那麼多，永遠裝不夠。」

乖巧的土撥鼠妖挖洞，手巧的猿猴精蓋樓房，一肚子反對意見的孔雀精問：「大王，您的寶貝從前山裝到後山，還不滿意呀？」

犀牛王搖搖頭：「天庭太寂寞，我下凡來就是什麼都想要，什麼都要藏。」

「要那些破銅爛鐵？又不是撿破爛……啊——」

滿洞的小妖瞪大了眼睛，孔雀精被犀牛大王吃掉了……

犀牛王舔舔嘴脣，話太多的妖精，總要給點兒教訓的。

他瞪著小妖們：「還有意見嗎？」

「沒……沒有。」

犀牛洞裡，小妖們拚命挖洞、蓋屋子，沒有妖怪敢再多說話。

獨角犀牛王正想睡午覺，巡山大眼妖拉拉他的袖子。

「你有意見？」獨角犀牛王拍拍肚子，孔雀精還沒消化完。

「大王，我們在前頭抓到幾個和尚。」大眼妖說。

「抓到和尚啦？哈哈哈，我這裡正缺和尚呢。」犀牛王高高興興的跑前頭。

前頭是他設下的陷阱，外表看起來亭臺樓閣，裡頭卻處處是機關。

客廳會抓人，臥室會害人，桌上的衣服看起來很美麗，一穿上去，就會把你整個綁起來。

而現在，那些衣服變成繩子，把兩個和尚捆成大粽子。

粽子邊，還站了一個白臉和尚，他手足無措：「我，那個……這個……我……」

犀牛王吼他：「哪裡來的和尚，想偷我的寶貝衣服？」

「我是大唐派到西天取經的唐三藏，」和尚一嚇，不口吃了，「他們是我的徒弟，只是想試穿一下衣服，沒有想偷。」

「停停停……停。」

唐三藏嚇一跳：「停什麼？」

「你說你是唐三藏？」

「正是。」

「人家說吃唐三藏一塊肉，白髮會變黑，牙齒掉了會長回來，太好了，我就缺你這個寶貝。」犀牛王指著被五花大捆的胖和尚問，「所以，你是好吃懶做的豬八戒？旁邊像河童的是沙悟淨？」

豬八戒說：「妖怪，你快放了我們，不然，我大師兄孫悟空會來找你算帳。」

「孫悟空？他如果來了，我連他一起抓，」犀牛王說，「小的們，把這三個抬到後面蒸籠裡待著，等我抓到孫悟空，湊齊了做下午茶點心。」

那些小妖喊聲好，高高興興的抬著他們進廚房。

獨角犀牛王洋洋得意的看看自己的山洞，牆上一排動物的頭，從恐龍到孔雀，從劍齒虎到長毛象；地毯呢，別人家有張老虎皮就了不起了，但獨角犀牛王不是，他的地板上，有青龍、有白虎、有麒麟……

「這才叫做過生活。」獨角犀牛王忍不住擦擦眼角，想起在天庭的日子……

正想擦第二滴淚水時，小妖報告：「大王呀，外頭一個毛毛臉尖嘴巴的和尚，說是孫悟空，來討他師父呢。」

「我正想抓他湊對呢。」獨角犀牛王好開心，拿出丈二點鋼槍，點齊小妖：「出去時，要精神抖擻，打架時，前進有賞，後退該殺。」

一聲令下，小妖們列好隊，跟著犀牛王走出門外。

門外，孫悟空蹦蹦跳跳著：「大膽妖精，快放了我師父，敢說個『不』字，老孫的鐵棒就讓你變成犀牛皮！」

再一隻孫猴子
就湊齊了。

「不不不，我說三次了，怎麼沒有變成犀牛皮？愛吹牛的猴子，看槍——」

犀牛王的鋼槍刺過去，鏘的一聲，孫悟空棒子架住，這真是一場好戲，就在洞外，殺得天昏地暗，日月無光。

門前的大妖小妖搖旗吶喊擂鼓大叫，犀牛王揮揮手：「小的們，打！」

四周的小妖拿刀弄槍圍上去，孫悟空把金箍棒丟到空中，喝一聲：「變——」

哇，鐵棒變出成千上百根，這些鐵棒柔軟有靈性，簡直像遊龍，它們滿山追著妖精打，打得牛妖丟刀棄槍，豹妖哭爹喊娘。

犀牛王卻看得眉開眼笑：「好棒子，好棒子，這棒子我要定了。」

他取出一個金光閃閃的圈子，朝棒子丟去，叫聲：「中！」

嘩喇一聲，滿天金箍棒被收成一根，金箍棒被圈子給套走了。

10 神兵利器博物館

仙風徐徐，神光閃耀，天庭的生活……挺無聊。

赤腳大仙前天在階梯晒太陽。

昨天晒太陽在階梯前。

今天依然在階梯上被太陽晒著呢。

晒太陽，摳腳丫，伸伸懶腰，他正想聞聞腳丫子香不香，不知道是誰跳過他的頭。

「沒禮貌！」大仙喝道。

「我趕時間。」那人一溜煙跑遠了。大仙沒好氣的問身旁的廣目天

王，「那是誰呀？」

「孫猴子。他遇到法力高強的妖怪鬥不過，回來天庭討救兵。」

赤腳大仙急忙站起來，想跟進去打聽，不過，殿裡殿外好肅穆，因為玉帝下旨，要眾仙回殿裡待著，說是凡間有個本領高強的妖怪作亂，齊天大聖懷疑是天上哪一號神仙，私自下凡當妖精。

赤腳大仙府裡只有一個特大號泡腳桶，大仙剛把腳伸進去，天庭裡的解散鼓就敲了。

咚咚咚，咚咚咚。

大聲仙翁在天庭廣播：「沒事了，沒事了，滿天神佛九萬九千九百九十九，沒有走了神。」

「所以不是我們嘛。」仙女微嗔。

「每回都這樣。」大力神不滿。

赤腳大仙心裡卻在笑：「是那頭青牛。一頭牛都打不過，孫猴子怎麼去取經？」

「緊急廣播，緊急廣播，請托塔天王、哪吒三太子帶天將、點天兵，跟著孫大聖下凡降魔。」大聲仙翁還補一句，「玉帝下令，能抓到那妖的，加贈仙桃一顆。」

南天門外，天兵天將的隊伍排得老長，全都要跟著孫悟空下凡。孫悟空走在前頭，只是，沒看到他的金箍棒。

「在哪兒呢？」赤腳大仙打開天眼通，調整天耳靈，他看到了，獨角犀牛王正在蓋博物館，金箍棒是他館裡第一個名貴收藏，他正在把玩棒子呢。

「長長長長。」那根鐵棒把博物館兩邊的牆打破，長到了一千里。

「短短短短。」咻的一聲，這鐵棒又變回火柴那樣的短，小妖們想拿它起來玩，使足了力氣，脹紅了臉，也沒人拿得動它。

「十萬八千斤重，天下第一名的武器。」獨角犀牛王笑著把它拿起來：「沒有三兩三，哪能拿起如意金箍棒。」

滿洞小妖拍著手，高呼大王英明。

只有守洞的小妖嚷著「不好，不好。」

「哪裡不好了？」犀牛王兩眼瞪大，血盆大口一張……

「孫悟空和一群天兵天將下凡，說要抓您哪！」

「天兵天將？他們用什麼武器呀？」犀牛王興匆匆的跑到洞外。

哇，天上祥雲無數，每朵雲上都站著威勢赫赫的天兵。

孫悟空身邊有個小娃娃，他的身體小，聲音大：「魔頭，我奉玉帝旨意來，你快把唐僧放了。」

「你是托塔天王的三兒子，想放唐僧可以，先打敗我手上的長槍。」犀牛王的長槍刺向哪吒，那槍去的疾，哪吒念聲咒，當場變成三頭六臂，每隻手臂各使一樣兵器，什麼降妖劍，降妖杵，降妖索……。犀牛王不示弱，搖身一變，也變成三頭六臂，手握三柄長槍，兩人在山頭翻翻滾滾，打了三十回合，分不出勝負。

哪吒有點急，他暗暗使出神通，六件兵器往空中一拋，喊著「化百！化千！化成萬！」。

化化化化化……

六件兵器變成十件，十件變百件，百件變千件，千件當場變成了千千萬萬件。

哇，好看哪，天上下起刀劍雨，統統朝著犀牛王來。

犀牛王開心極了，喜滋滋的拿出黃金圈子，叫聲：「中！」

嘩啦一聲，那些兵器收歸成六件，六件聚在一起，又被他搬回犀牛洞裡。

回到犀牛洞，他看看博物館，開心的讚歎：

「唉呀呀呀，本來叫做棍棒博物館，現在得改名了，應該叫做『神兵利器博物館』，小妖們，你們不覺得這博物館太小了嗎？快快快，快挖洞蓋博物館！」

南天門上，赤腳大仙也很開心：「看你孫猴子怎麼辦？」

一開心，免不了就想唱歌。

左腳右腳摳摳腳。

摳腳才會身體好，

一天摳一隻大腳……

嘿，才唱三句，又有人從他頭上跳過去，大仙站起來，捋起袖子想找他算帳，廣目天王搖搖頭：「別氣，孫猴子打敗仗，又回來討救兵。」

「又是他呀？」大仙表面氣，心裡樂，躺在階梯上看他，這回他直奔彤華宮，找火部眾神。

廣目天王點點頭：「有創意，聽說那魔頭有一個黃金圈，收了哪吒太子的兵器，嗯，找火去燒他，應該沒問題。」

火部眾神個個是紅臉，穿著赤焰外套，駕著火龍、火馬和火牛，提著火槍、火刀和火劍，經過南天門時，留下一股焦焦的味道。

「火部眾神很厲害，青牛擋得住嗎？」赤腳大仙擔心，天眼通直盯著他們，一直追到犀牛洞門口。

孫悟空又去拍門了：「開門，早早還了我師父。」

門，伊呀一聲，開了。

幾百個小妖敲著鼓，舞著旗，列隊站好了，犀牛王慢條斯理走出來：「猴子，你這回送什麼禮物來？」

孫悟空大笑：「送禮，沒錯，我請火部眾神送你一份熱情洋溢的大禮。」他揮揮手，滿天火神齊齊放火。

那真是一場大火，空中火鴉飛舞，山頭火馬奔騰，火牛噴出烈焰，火龍吐著濃煙。火海中，還能聽見孫悟空洋洋得意的笑聲：「哈哈哈，燒得你犀牛山變成火牛山……」

可惜，他還沒笑完，犀牛王丟出黃金圈，嘩啦啦，火龍、火馬、火鴉、火槍、火刀、火箭，全被套走了。

天空適時下起傾盆大雨，淋得滿山青翠，赤腳大仙在天上拍著手，得意的手舞足蹈，廣目天王搖搖頭，以為大仙晒太久日光浴，晒得昏頭了。

「大仙，休息一下。」

大仙跳得好開心，沒注意旁邊有人跑過來，撞得他暈頭轉向。

「誰？誰撞了我？」

「不好意思，我趕時間。」

瞧那背影，像猴子。

「是孫悟空？」大仙問。

廣目天王比個噓：「他又打敗仗了。」

「嘻……」大仙差點兒笑出來，「嗯，他要加加油。」

這回孫悟空找的是水德星君，邀集五湖四海八河九江的龍王，手裡各拿著一個碗。

赤腳大仙搖搖頭：「拿個碗能幹麼呀？」

廣目天王悄聲的說：「那些白玉碗呀，一碗就是一條河水，你想呀，那麼多碗水倒下去，他那黃金圈子多會裝呢？」

哦，赤腳大仙真的擔心了，孫猴子借兵，一次比一次強。

啊，我的白玉碗！

他擔心，看著龍王降落在犀牛山。

犀牛王也在傷腦筋，為了火部眾神的兵器，他得開挖一個更大更宏偉的博物館。

只是，火部的兵器太熱情，沒有遊客敢走進去參觀。

「太熱了。」小妖們熱得直冒汗，那汗剛冒出來，立刻又變成一陣水蒸氣。

「熱得受不了啦。」犀牛王自己也叫，正想帶小妖們退出來，外頭一陣天崩地裂的聲響，門前小妖大叫：「大水啊，洪水來啦！」

那是龍王們放的水嘛，洪水從洞口灌進來，犀牛王收集來的神兵利器都被衝進水裡浮沉。

小妖們喊著救命呀，犀牛王不急，他拔下手臂上的黃金圈，搖一

搖，晃一晃，這才喊聲「中」。

嘩啦啦啦啦，洪水全被收進圈子裡。

哐啷哐啷哐啷。空中掉下十七、八個白玉碗，犀牛王很開心，拿著碗，向著雲裡的龍王說：「謝啦，謝啦，我請客不用擔心沒碗啦。」

「你太囂張了。」龍王們說。

孫悟空跳下雲端：「老孫赤手空拳鬥你。」

「來得好。」犀牛王皮粗肉厚，孫悟空的拳頭力氣足，打山山倒，打樹樹斷，這回打在犀牛王身上，卻像打進一堵棉被。

「這麼輕，搔癢呀？」犀牛王揮拳，一拳打得孫悟空翻三個觔斗才能消除那勁道。

四周的小妖衝過去，大家都想抓孫悟空，想幫犀牛王湊滿四個取經和尚。

人多勢眾，聲音吵雜，孫悟空急忙拔下毫毛，變出七、八十隻小悟空，追著小妖又打又抓，戰況大逆轉，犀牛王笑了一聲，他不怕，拿出黃金圈子，又把毫毛小猴全收進圈子裡。

那一晚，犀牛洞好熱鬧，蛇肉、牛排、熊掌、駝峰、水果沙拉堆成一座座小山，幾個小妖還在臺上變魔術，犀牛王搬出珍藏的美酒，一罎疊一罎，只要想喝，不愁沒酒。

「等我的博物館落成，咱們還要喝……更多。」犀牛王說到這裡，吐了一口酒氣，睡著了。

別睡。

你別睡。

你千萬別睡呀。

赤腳大仙急呀，他在南天門看得急死了，他知道孫悟空變成蟲蟲的本領強，像現在……

孫悟空變成壁虎，從犀牛洞的門縫裡鑽進去。

守門妖提醒大家：「小心哦，孫悟空會變成小蟲溜進來。」

「注意抓小蟲。」幾個小妖提著油燈說。

一個大眼妖指著孫悟空：「這裡有一隻壁虎。」

「壁虎算不算小蟲？」小眼妖問。

赤腳大仙急死了，他握拳大叫：「當然算，快把牠打死！」

犀牛洞裡的小妖聽不到大仙的提醒，守門妖搖搖頭：「別傻了，孫悟空怎麼會變壁虎呢？我可沒聽過。」

「沒聽過，他就不能變嗎？真是呆頭妖。」赤腳大仙氣得一跺腳，天上傳來一聲雷。

那隻壁虎在雷聲中爬進犀牛王的臥室。

犀牛王睡著了，他的黃金圈子套在胳臂上，壁虎爬到天花板，往下跳，邊降落邊變身，落到犀牛王手臂上時，已經變成小跳蚤。

赤腳大仙實在太佩服自己的天眼通了，天庭離人間十萬八千里，他竟然連一隻小跳蚤笑的模樣都看得一清二楚。

笑得多狡猾，就是猴子樣。

跳蚤狠狠的叮了犀牛王一口，犀牛王大罵：「今天是哪個小妖換的

被套，怎麼會有跳蚤？」

他翻身，又睡著了，跳蚤不放棄，又咬了他一口，犀牛王氣得跳起來：「打跳蚤，打跳蚤。」

滿洞的妖怪全來了，掃地妖，拖地怪，拿蒼蠅拍的，點蚊香的，扛石磨的，大家奮勇當先，都想替犀牛王除跳蚤。

洞裡妖怪多，跳蚤跳進神兵利器博物館，牠在空中翻了幾圈，落地變回孫悟空：「偷不到黃金圈，我拿自己的武器。」他在一號櫃子找回毫毛，吹兩口熱氣，喊一聲變，變出三、五十隻小猴子，幫忙拿神仙的武器。

拿好了武器，小猴子們往外衝。騎火馬，拉火鼠，趕火牛，犀牛洞裡烈焰衝天，大大小小的妖精哭的哭，喊的喊。

「失火啦，失火啦！」

「救火呀，救火呀！」

犀牛王拿著黃金圈，這邊推推火光滅，那邊搖搖烈焰消，等到火災控制住了，點數洞裡的小妖，被大火燒掉一大半，博物館裡的兵器也都不見了！還好，取經三人組沒被偷走。

「太可恨了，是誰玩火呀？」犀牛王很生氣。

大眼妖說：「大王，這火又急又猛，掉了神兵利器，不是神偷做不了。」

「可恨哪。」一想起兵器不見了，犀牛王就覺得心痛，「這種偷雞摸狗的事，只有孫悟空做得來，他大鬧天宮那年，偷仙桃，盜仙酒，就是個小偷。哼，我的黃金圈神通廣大，別說孫悟空，就是上天庭，入地

獄，也沒人耐何得了我，你們安心，快收拾吧。」

洞裡一片焦黑，又要洗又要刷，還要拿石灰抹牆壁，忙了大半夜，再裝個新門板就收拾乾淨了。

門外頭，一大片烏雲遮住陽光，掃地妖抬頭望，哇，怪怪隆得怪，天空上祥雲朵朵，每朵雲上都站了天兵天將火馬火牛……

小妖們丟下掃把：「大王，大王，孫猴子帶著天神攻來啦。」

犀牛大王眼睛瞪成銅環大，牙齒咬得喀啦響，一手長槍，一手黃金圈：「偷東西放火的猴子不要走，別以為『神』多勢眾我就怕了你。」

他跳上雲端，挺著長槍刺，四周神佛團團圍住犀牛王，哪吒使出六件神兵利器，火德星君帶著眾神放火，雷公電娘，托塔天王，個個使出寶貝，眼看就是一場大屠殺……

犀牛王好開心哪：「哇哈哈哈，這些兵器今天都是我的了。」

黃金圈發出耀眼的金光，犀牛王喊聲：「中！」。

嘩啦！

火牛、火龍、火馬、天王刀、金箍棒，全被黃金圈收個乾乾淨淨，眾家神佛灰頭土臉，沒了命的跑。

犀牛洞裡的小妖，搬的搬，扛的扛，喜氣洋洋回到洞裡，重新再建博物館。

「要用最好的建材。」犀牛王吩咐。

「當然，當然。」小妖們，敲敲打打好不熱鬧，犀牛王這邊摸摸金箍棒，那邊試試天王刀，偶爾騎著火龍在洞裡遛遛。

「開心哪！」犀牛王大叫。

「出來！」外頭也有人在喊。

守門大眼妖進來，正要開口，犀牛王瞪了他一眼：「孫悟空？」

大眼妖點點頭。

「又請了救兵來？」

大眼妖豎起大姆指：「大王英明。」

「討厭的猴子，打不過，還不放過？」犀牛王指著孫悟空，「連輸四、五次，還不認輸？」

孫悟空說：「你先把我師父、師弟放出來。」

「怎麼能放呢？我還缺你呢，自己送上門來，別怪我了。」犀牛王微曲膝蓋，正想跳上雲端，空中卻出現十八個渾身金光的漢子，他們灑出金色的砂，那砂子像煙又像霧，金砂瞬間埋住他的小腿，他拔出腳來，還沒站穩呢，砂又往上堆二尺深。

獨角犀牛王急了，用力往上一跳，丟出圈子，喊聲「中」。

嘩啦一下，藍天白雲，滿天金砂消失了，圈子裡，滴溜溜轉的是十八粒金丹砂。

「寶貝，寶貝呀。」犀牛王開開心的捧著十八粒金丹砂，開開心心進洞去籌畫博物館。

南天門上，赤腳大仙忍不住要嘆口氣了。

這回的氣，是喜氣，天上人間喜氣洋洋。

剛才他看見，孫悟空找如來佛，借了十八羅漢。

十八羅漢又怎樣？這十八個身上塗金漆的羅漢爺照樣打敗仗呀。

赤腳大仙開心的躺在南天門外，輕輕哼著歌。

一塊陰影遮住陽光，是孫悟空，他又回南天門了。

「別擋著日光。」赤腳大仙說。

「我來找人對付犀牛王。」

「哈哈哈，你找錯人了。」赤腳大仙說，「我打不過犀牛王。」

「那誰能打敗他？」

「我不會告訴你。」

「我想你也不知道。」

「誰說我不知道？」赤腳大仙翻身坐起來，眼睛瞪得老大。

「算了，你哪會知道。」孫悟空想走。

「我就是知道，但是，我偏偏不告訴你。」

「那就是、不、知、道。」

「我知道！」

孫悟空揮揮手走了兩步：「你不知道。」

赤腳大仙拉住他：「我真的知道。」

「你不知道啦。」

「我知道知道知道知道知道。」

「你不知道不知道不知道！」

「我知道，太上老……」赤腳大仙脫口而出這三個字，他突然想到該住嘴，但是，說出去的話收不回來，孫悟空已經跳進兜率宮，拉著太上老君下凡。

老君下了凡，只念一聲咒語，犀牛王就變回大青牛。

黃金圈原來是青牛鼻上的鋼環……

唐僧騎著白馬，沙悟淨挑著行李，孫悟空和豬八戒跟在左右，白馬往西方重新出發。

「我……」赤腳大仙望著取經四人組的背影，氣得說不出話來了。

11 八百里通天河

玉帝生氣，暴怒，嚴重警告眾家仙佛：「誰再不小心，讓自己家的什麼牛呀、童子或宮女下凡，誰就……」

剩下的話，玉帝沒說完，所有神仙的眼睛都在打量太上老君。

老君苦笑著拍拍青牛：「都是他，都是他的錯。」

不過，這一切，赤腳大仙沒聽到，因為他奉了玉帝的聖旨去警告三山五洞二十八星宿：「玉帝說，別讓你家的雞呀鵝呀跑下凡，不然……」

赤腳大仙其實有一肚子氣，明明就快成功了，怎麼會說溜嘴了呢？

如果不說溜嘴，說不定……

前頭來到南海落伽山，觀世音菩薩住這裡。

菩薩不在家，說是去大雷音寺聽如來佛說法。

池塘邊，陽光和南天門的一樣好，赤腳大仙忍不住就想在這裡晒晒太陽，睡個午覺。

好舒服的陽光，好涼爽的清風，赤腳大仙低頭，一條金魚浮出水面望著他。

「不好意思，我沒帶飼料。」

那金魚，搖頭擺腦，朝他點點頭，大仙想，菩薩就是菩薩，連魚都教得這麼乖，這麼……

他突然有個聰明的想法，玉帝只說不能走了牛和童子，沒說不能游走一條魚……，於是，大仙挖開池塘的排水孔，朝金魚一指，金魚連再見也沒說，嘩啦一聲，下凡啦。

經過七重天，六重天，五重天，金魚落回凡間，凡間有條寬闊的大河，潑啦啦啦，這魚變成滿嘴尖牙的金魚妖，潑啦潑啦，魚鰭變出手，變出腳來。

「呵呵呵，呵呵呵，還是人間自由自在。」

金魚妖搶千年老烏龜的家當宮殿，再給自己取個威風凜凜的名字——靈感大王。

靈感大王命令河邊百姓，每年送來童子、童女：「當做我下凡的禮物。」

想到這兒，靈感大王免不了要唱唱歌——

童子好，吃完童子吃童女。

童女好，吃了童女……

吃了童女……

大王的語文沒學好，唱到這裡接不下去了。

吃了童女……

旁邊的龜公公提示：「吃了童女身體好。」

「對對對，吃了童女，身體好。」靈感大王很開心，掐指算一算，

「又該去找童子、童女了，今年輪到哪一家？」

「大王，是通天河邊的陳家寨，輪到他們家送童子『陳關保』，童女『一秤金』。」

「一秤金？名字這麼怪？」

龜公公說：「不怪不怪，陳澄樂善好施，修橋補路，建寺立塔，這裡出三兩金，那裡使五兩金，生女兒那年，恰好用完三十斤黃金，三十斤是一秤，所以叫做一秤金。」

「好好好，名字取的真好，吃起來一定也爽口。」

靈感大王變成一陣清風，飄到通天河邊靈感廟，吹得廟門啪啦、啪啦響。

明月光光，廟裡亮亮，供桌上，盤子裡，坐著童子與童女。

靈感大王伸出尖尖的指甲，輕輕在童子身上一刮，嫩嫩的：「小寶貝，乖不乖，向大王爺爺自我介紹一下。」

眉清目秀的童子說：「我是陳清的兒子，她是陳澄的女兒。」

靈感大王遲疑，這童子太大膽了吧？以前的童子，問第一次不敢答，再問一次失了魂，等他用手捉，已經死翹翹了……

「你們叫什麼名字？」

「童男陳關保，童女一秤金。」童子的聲音含著笑意，像要出門玩。

靈感大王決定嚇嚇他，張開滿嘴尖牙，擺出最凶的表情：「我要吃你了，害怕了吧？」

童男開開心心的：「大王想怎麼吃就怎麼吃，請吧！」

這童子只有四、五歲，怎麼會如此伶俐？靈感大王懷疑呀：「我以前都是先吃童子，今年先吃童女一秤金。」

盤子上的童女聲音粗，臉孔像頭豬：「大王，還是照舊吧。」

大王揉揉眼睛，明明是個小女娃呀。

小女娃抹一抹臉，竟然長高變壯，哇呀呀呀，她變成豬頭人身，手裡有根九齒釘鈀，靈感大王嚇一跳，盔甲被釘鈀戳破一個洞，噹噹掉下兩片魚鱗來。

靈感大王破口罵：「你們是誰，壞了我的好事？」

童子翻身上雲端，露出本相，是隻猴子：「我是唐三藏法師的徒弟孫悟空，他是我師弟豬八戒，我們借住陳家，聽說你年年要吃村裡的童子、童女，我們倆特地來為民除害。」

「除害？」靈感大王手無寸鐵，只能化成狂風，鑽進通天河內。

河宮內，靈感大王很生氣。

魚精、蝦精很好奇：「大王往年吃了祭品，回來都是歡歡喜喜的，今天怎麼愁眉苦臉？」

「今年遇到孫悟空，吃不到啦。」

「孫悟空？」

「他是唐三藏的徒弟孫悟空，我聽其他妖怪同道說，誰吃了唐三藏一塊肉，就能長生不老，可惜有這隻礙事的猴子在，無福享受呀。」

龜公公笑說：「大王，捉唐僧不難，只是捉到後，能不能賞我一點兒唐僧肉？」

靈感大王說：「如果能抓到唐三藏，我讓你當副大王，咱們一起享用唐僧。」

龜公公大笑：「大王會呼風喚雨，今天晚上，大王作法起寒風，降大雪，將通天河結成大冰塊，我們宮裡的小魚兒，小蝦子去扮行人，唐僧趕著去取經，看見河上有人走，一定跟著過河，等馬蹄聲一響……」

「我就把他們抓來？哈哈哈，好計！」

太陽下山，靈感大王開始作法，溫度像溜滑梯，從二十度降到零下二十度，河水結成一層厚厚的冰。

河邊商家，成群結隊趕往對岸。

靈感大王在水底下等，他等呀等呀，冰面上都是腳步聲，卻聽不到馬蹄響。

「他不來了吧？」靈感大王猜。

「會不會繞到另一邊去了？」

是唐僧！
我去抓來！
大王再等等，
再等等！

「怎麼辦呢？」

靈感大王搖搖頭，每一秒鐘都像一年那麼久。

他等呀等，怎麼等不到馬蹄聲，好幾次他都想衝上去，是龜公公帶著魚兵蝦將拉著他：「大王，再等等，再等等。」

等呀等呀，光線一絲一絲的往上走，等呀等呀，都快天黑了。

「他怎麼還不來？」靈感大王掙脫眾「魚」的拉扯，正想往上游時，突然，一陣得兒得兒的聲音適時的響起。

「這……這……」

龜公公眼角含著笑意：「恭喜大王，唐僧來了。」

聲音愈來愈響，沒錯沒錯，是馬蹄聲。

靈感大王歡喜的撞開冰面，聲勢驚人，嚇得唐僧三個徒弟連忙飛到

半空，因為太緊張，沒人想起來該拉師父一把，靈感大王毫不客氣，一把捉住唐三藏，帶著眾多水妖回河宮，要大家稱呼龜公公為副大王。

「做妖怪也要講信用，你幫我捉住唐僧，就該當副大王，」靈感大王吩咐小妖：「抬桌子，磨刀子，把唐僧剖腹挖心，我跟副大王一起吃，同享長生不老。」

龜公公急忙喊停：「大王，別急著吃他，等他的徒弟走了，我們聽音樂、看舞蹈，那時再從容自在的享用唐僧肉。」

12 死的去，活的住

靈感大王的府裡，小妖們忙裡忙外，絲竹管樂正熱鬧，大家快快樂樂等著吃唐僧，得永生。

蒸籠還在刷，唐僧還在哭，外頭卻傳來一陣怪怪的聲響。

「怪物，送我師父出來。」

門外頭，是唐三藏的徒弟豬八戒，旁邊跟著沙悟淨。

豬八戒說：「快把我師父送出來！膽敢說個不字，老豬九齒釘鈀不饒你！」

靈感大王大笑三聲：「前天我身上沒兵器，今天咱們好好打，你贏了，我就還你師父，若是敗給我，我連你一起蒸了吃。」

靈感大王使出九瓣銅鎚，豬八戒拿釘鈀架住，沙悟淨高舉寶杖加入戰局，三人打打殺殺，通天河水面激起百丈的浪花。

只是，他們打了兩個時辰也分不出勝負，豬八戒眼看打不過，招呼沙悟淨鑽出水面。

「想跑？沒那麼容易！」靈感大王持著銅鎚追出去。

他剛跳出水面，空中揮來一棒，那棒子又重又沉，靈感大王側身閃過，銅鎚一接，哇，他當場軟了腿，睜眼一瞧，唉呀，是孫悟空。

「好個豬八戒，偷偷在水面設陷阱。」靈感大王很生氣，但是生氣也沒用，他打不過孫悟空，轉身潛回水裡。

副大王問：「大王，打得如何？」

「孫悟空武功高，棍子重，我的銅鎚架不住。」

副大王打了個冷顫：「大王，幸好你跑得快，否則你就回不來，我當年在東海，曾聽老龍王說起他，這隻猴子神通廣大，有七十二般變化，大王要小心提防，這猴子會變魚變蝦。」

他們還在說，守門小螃蟹來報：「大王，那兩個和尚又來拍門了。」

靈感大王哼了一聲：「把門關緊，挖泥沙、石塊擋著，等他們走了，咱們再來品嘗唐僧肉。」

小妖人多爪子雜，搬石塊，運泥土，把門封得密密實實。

「如果他們再來呢？」小魚妖問。

「不會啦。」大王說。

「如果他們挖洞進來？」小蝦問。

「我們再往下挖。」靈感大王說，「總而言之，今天起，我們就在水裡住定了，管他徒弟急不急。」

一向性子急的大王，難得這麼有耐性，他指揮大家，河宮往下挖深三百尺。

他們還在河底開宴會，一連開了三天。

「從此過著幸福快樂的日子啦。」靈感大王笑得很開心時，突然覺得耳朵裡一跳一跳的。

什麼事情呢？

副大王喝醉了，小蝦小魚拍著肚皮笑，小鱉小龜站在桌上唱歌。

但是……

他明明聽到什麼……

「死的去，活的住，死的去，活的住。」

這聲音穿過水流，經過重重疊疊的泥沙土塊，聽起來像……

「死的去，活的住，死的去，活的住！」

是主人！是主人的聲音，靈感大王身不由己，大叫一聲，滿嘴鋼牙不見了，一頭亂髮消失了，他翻身跳騰，變成一尾大金魚，跳出水面，跳進主人的竹籃裡。

唉呀，是觀音菩薩來了，他提著竹籃裝著金魚，九瓣銅鎚現出原形，是一株含苞的蓮花。

南天門上，赤腳大仙很悶。

他看到觀音披頭散髮，急急從南海去抓金魚。

他也看到取經四人組過了通天河，繼續往西天去取經。

悶呀。

小金魚，法力不高，給他一條八百里的通天河，也擋不住孫悟空。

還有誰呢？

還有誰能幫忙呢？

想當年，孫猴子逃不出如來佛的手掌心。

那現在呢？赤腳大仙的天眼通，望向大雷音寺，他記得，佛祖們都有自己的坐騎，如果……

13 除蠅高手表揚大會

八百里獅駝嶺，嶺上三位大王，率領四萬八千名小妖。

今天一早，全體小妖拿著蒼蠅拍。

三魔說：「大魔王吩咐，唐僧要去西天取經，他是十世好人投胎，吃他一塊肉，就能長生不老。唐僧的徒弟孫悟空不好惹，他會七十二變，還會變成小蒼蠅，大家要把蒼蠅除掉，就不怕孫悟空搗蛋。」

於是，四萬八千名小妖拿起四萬八千根蒼蠅拍……

「打蒼蠅，除蒼蠅，孫悟空會變成小蒼蠅。」

「拍蒼蠅，清蒼蠅，打掉孫悟空變的小蒼蠅。」

小妖們拍拍打打，三個月後，獅駝嶺蒼蠅絕跡，三個魔王辦了一場除蠅高手表揚大會。

冠軍是「碰到我算你倒楣妖」，他有八條腿，四對翅膀，能在空中轉彎、煞車，加上三百六十度無限迴轉，難怪能除掉十萬隻蒼蠅，勇冠眾妖精們。

「全年無休妖」長了二十四隻手，二十四隻眼睛。每一小時讓一隻手一隻眼睛睡覺，其它二十三隻手和二十三隻眼睛忙著打蒼蠅，一分一秒都不浪費，榮獲第二名。

第三名「小鑽風妖」，小鑽風來去一陣風，追得蒼蠅無影無蹤，他面前的蒼蠅也堆成一座山峰。

大魔王很開心，一講講不停，從妖怪守則講到種豆芽菜的祕訣，講得小妖們昏昏欲睡，哈欠連連。

啊——碰到我算你倒楣快睡著了。

啊——大魔王自己也在打哈欠了，他的嘴巴像山洞，一隻綠頭蒼蠅出現在那裡。

「蒼蠅警報！」碰到我算你倒楣大叫。

「打蒼蠅！」全年無休的二十三根蒼蠅拍揮過來了，啪啪啪啪啪啪啪啪啪啪啪啪啪啪啪啪啪啪啪啪啪啪啪啪啪啪啪啪啪……連續二十三下，那隻綠頭蒼蠅被打成蒼蠅醬，但是大魔王的嘴巴也被打腫了。

「哈哈哈，大魔王腫成豬頭了。」小鑽風笑得好開心，嘴尖尖的笑個不……

臺上的三魔喊停：「小鑽風，你過來。」

那是孫悟空變的！
打蒼蠅！
除蒼蠅！

「我……」

「你是孫悟空。」

「不，我是小鑽風。」

三魔把他抓到大魔王面前：「差點兒被他騙了。」

大魔王問：「三弟呀，誰騙誰呀？」

「小鑽風是孫悟空變的。」

「我天天和小鑽風見面，我認得他，」他對小鑽風說，「你有沒有名牌呀？」

小鑽風拿出一塊銅牌，上頭刻著「小鑽風」。

「沒錯，你是小鑽風。」

三魔說：「大哥，他笑的時候，露出一個雷公嘴來，他真的是孫悟空變的。」

「我是小鑽風！」小鑽風解釋。

「你是孫悟空！」三魔按住他，拉開衣服，衣服下一身黃毛，還有紅紅的屁股。

大魔王笑：「小鑽風的臉，猴子的身體，抓到孫悟空，唐僧也不遠了，應該開慶功宴。」

「師父派我來打聽，我們只是要去取經！」那小鑽風，不，是孫悟空大叫。

三魔不理他：「大哥，先把他裝進陰陽二氣瓶裡，免得他跑了。」

「嗯，有理有理。」大魔王點點頭，召了三十六個小妖，抬出陰陽二氣瓶。

那蓋子一打開，颼的一聲，孫悟空就被吸進裡頭了。

打蒼蠅表揚大會，改成慶功大會了。

美酒無限量供應。

肉乾任妖怪吃到飽。

四萬八千隻妖怪大叫的聲音，讓獅駝嶺的山神、土地公抱著樹叫：

「可怕呀！」

大魔王還是有點兒擔心：「三弟，孫悟空化成膿水了嗎？」

三魔放下酒杯：「陰陽二氣瓶裡有七寶八卦，二十四時氣，人裝進去，不言不語，陰涼無比，一旦說了話，烈火燃燒，火龍吐焰，我看，孫猴子早就變成一灘血了。哈哈哈，小妖們，瓶子抬上來。」

三十六個小妖準備抬瓶子，一抬，咦——小妖們慌慌張張報告：

「大王，瓶子輕了。」

三魔大喝：「不可能，這寶貝有陰陽二氣，要三十六個人才抬得動，胡說八道。」

一個小妖單手提起瓶子：「三大王，陰陽瓶真的輕了。」

三魔打開蓋子，瓶底破了個洞：「瓶子，空啦。」

洞口一隻綠頭蒼蠅喊一聲：「老孫，走啦。」

啊，孫悟空真的變成小蒼蠅，四萬八千隻蒼蠅拍，啪啪啪啪追著他，這隻蒼蠅拍著翅膀，拍拍拍拍，飛出洞外。

三魔喊衝，二魔看看大魔王，大魔王搖搖頭。

「不追？」三魔說。

「如果大哥說追，我就去……」二魔遲疑。

大魔王擔心：「孫悟空很厲害。」

三魔氣得大罵：「西方大路，誰不認識獅駝嶺三魔王？他在我們洞裡搗蛋，我們卻不敢追出去？」

大魔王很怕。

「大魔王，別怕。」四萬八千隻小妖鼓勵他。

「我……」

「大魔王，你要勇敢呀！」小妖們齊聲怒吼。

「好吧，我……我追。」

大魔王慢吞吞的走出去，外頭，孫悟空站著，金箍棒在陽光下閃耀著金光。

「妖怪，想吃我師父，得經過我這關。」

大魔王退了一步：「這……」

「不敢呀，那我讓你砍三刀，如果你砍完了，我沒事，你就放了我師父吧。」

「咱們不打架？」

孫悟空笑：「打架多野蠻呀，砍我吧。」

「好，我砍你三刀，砍完讓你們去取經。」

大魔王放鬆心情，拿起大刀，砍向孫悟空，只聽「鏘」的一聲，孫悟空的頭好端端的。

「好硬的頭。」大魔王害怕。

孫悟空摸摸頭：「我生來銅頭鐵腦蓋，你要不要再砍一刀。」

「那當然。」這回他使出全力，一砍，孫悟空被砍成兩半。

大魔王正想拍拍手，沒想到孫悟空那兩半，在地上滾了滾，滾成兩個孫悟空。

兩個孫悟空同時指著他：「妖怪，你再砍我一萬刀，我就變成兩萬個孫悟空。」

大魔王覺得好玩：「你有本事收回來嗎？」

「收成一個？」

「沒錯。」

兩個孫悟空一聽，地上打個滾，又合成一個身體，拿著棒子打過來，大魔王大刀架住，兩個人跳到空中廝殺，殺得滿天雲氣重，滿山霧氣飄。大魔王愈打愈覺得猴子的棍子重，他決定施展絕招，迎著風，晃了晃，現出原身，是一頭金毛巨獅！好巨獅，張開大口來吞孫悟空。

孫悟空笑嘻嘻：「來了，來了，老孫最愛被人家吃啦。」

嘩啦一聲，天上隱隱雷鳴。

那是赤腳大仙，他一頭撞在南天門的柱子上：「誰讓你吞了孫悟空呀？你這個傻……」

14 肚子裡的孫悟空

「我抓到一個。」大魔王得意洋洋回到洞裡。

「大哥抓到誰了？」二魔問。

「孫悟空。」

「在哪兒呢？」

大魔王拍拍肚子：「在這兒。」

三魔大驚：「大哥，孫悟空不能吃。」

大魔王肚子裡傳出一個聲音：「好吃，好吃，真好吃，吃了猴子就不餓了。」

四周的小妖大叫：「大王，孫悟空在你肚子裡說話。」

大魔王很擔心：「孫悟空，出來。」

「早哩，我還不想出來。」

「為什麼？」

「天氣涼了，我的衣裳薄，待在你的肚裡好暖和，等過完年，老孫再出來。」

小妖們齊叫：「大王，他要在你肚子裡過年耶。」

「你想過年？哼，我整個冬天不吃飯了，餓死你這隻弼馬溫。」

魔王肚子裡傳出笑聲：「乖妖怪，傻妖怪，我們去取經，腰邊都帶著小鐵鍋，我把你的心肝跟腸子揉成小湯圓，慢慢燉來吃，夠我吃到清明節呢。」

外面的，
送點酒菜
進來！

二魔大驚：「這猴子真狠哪。」

三魔說：「別擔心，他在肚子裡，哪有地方架鍋子？」

孫悟空敲敲大魔王的肋骨：「這裡能架鍋。」

三魔說：「他在裡頭煮東西，煙排不出去的。」

孫悟空說：「金箍棒往上搠個窟窿當煙囪，還能當做天窗看繁星。」

大魔王愈聽愈怕：「快快快，快拿酒來，我用酒灌醉了孫悟空。」

小妖們抬了幾罈酒，大魔王咕嚕咕嚕，連喝七、八罈，大魔王沒醉，因為他倒進去的酒，全被孫悟空喝光了。

孫悟空醉了，就在大魔王的肚子裡打拳，他打小腸，踢大腸，把心肝脾胃打得咚咚響。大魔王疼得在地上滾：「大慈大悲的齊天大聖菩薩，饒了我吧。」

「你叫我一聲外公，我就考慮考慮！」孫悟空在大魔王肚裡說。

「外公，外公，是我不對，求您饒了我，我保證送您的師父過嶺。」

「怎麼送？」

「用軟轎子抬您師父過嶺。」

「好好好，妖怪抬轎最好，又穩又快，你打開嘴巴，我出去。」

三魔走來，悄悄的說：「大哥，他出來時，你咬他。」

這話，孫悟空也聽見了，他假裝跳出去，其實出去的是金箍棒，大魔王用力一咬——喀擦一聲，門牙斷兩半！

孫悟空大怒：「我想饒你性命，你卻想害我的命？老孫不出去了。」

三魔激他：「孫悟空，你大鬧天宮很英雄，今天躲在我大哥肚子，像狗熊。」

「這……」

「是好漢子，就出來跟我們決一死戰。」

「好，老孫出來了。」

孫悟空喊聲來了，大魔的嘴裡滾出一團紅光，紅光迎風變大，是孫悟空。

三個妖怪圍過來，沒頭沒臉的打他。

「以多欺少？」孫悟空跳到半空中，手裡拉著一條繩子，就這麼一拉……

「痛痛痛痛，痛死我啦！」大魔王又在地上滾了，「別拉，別拉，我怕了你啦。」

15 調虎離山計

原來，孫悟空怕大魔王反悔，出來前，先用毫毛變出繩子，緊緊綁著他的十二指腸。

孫悟空一拉繩子，大魔王肚子一抽，就疼得喊一聲。二魔、三魔跪著求情：「大聖，解開繩子吧，我們送您的師父過山。」

「你們把繩子割斷，不就得了嗎？」

大魔王說：「割了外邊的，繩頭還在肚子裡呢。」

孫悟空好心：「我爬進去解繩子吧。」

三個魔王搖搖頭：「不不不，你進去了，如果不出來……」

「要是我能從外頭解開繩子，你們就肯老老實實送我師父過嶺？」

他們磕著頭：「一言既出，妖怪駕風也難追。」

「好，一言既出，妖怪駕風難追。」孫悟空抖抖身子，繩子變回毫毛從大魔王鼻孔噴了出來，「你們快抬轎子來吧。」

孫悟空翻個觔斗，去找師父了。

大魔二魔想去找轎子，三魔拉著他們：「別急，我有調虎離山之計。」

「調虎離山之計？」大魔、二魔有興趣。

「滿洞群妖四萬八，細細挑出四十八，三十個當大廚，每三十里地，弄一個小餐車招待唐僧。」

「剩下十八個？」

三魔王笑著說：「六個抬轎，六個開路，六個當樂手，我們陪在左右，這裡向西四百里，就是我的獅駝國，到那裡……」

大魔王眉開眼笑：「妙妙妙。」

唐僧不知道，高高興興坐上軟轎，三個大王親自帶領四十八名小妖，同心協力侍奉他，每三十里吃點心，五十里嘗素齋，太陽下山就歇息。唐僧師徒四人被招呼得周周到到，西天取經這麼多年，這四百里路最愉快。

如果能這麼一直走下去，取經多快樂呀。

不過，四百里走完，前方出現一座大城，惡氣籠罩城頭，妖魔羅列四周，孫悟空正想警告大家，後頭一陣風響，是三魔持著長鎗惡狠狠殺來，孫悟空急忙架開他，兩人勢均力敵，打得難分難解。

另一邊，大魔王殺向豬八戒，二魔的長槍刺向沙悟淨，三個魔王三個和尚，捨生忘死，誰也不相讓。

十八個小妖，沒忘記責任，搶白馬，扛行李，把唐僧抬進城裡去。

「別，別，別抓我。」唐僧發著抖。

大妖小怪有禮貌：「大師父您放心，大王有交代，不能敲鑼打鼓，也不行高聲喧譁，大王說您的膽子小，又愛哭，嚇壞了，肉酸了，吃了不能長生不老的。」

城外頭，東風吹吹，戰鼓擂擂，刀光劍影打到天黑。豬八戒餓得手腳發軟，釘鈀拿不住，大魔王張開大嘴，一口咬住豬八戒，拖回城裡。

沙悟淨正在苦戰二魔，豬八戒被抓了，他也慌了，降妖杖法出現破綻，二魔長長的鼻子一捲，沙悟淨也被抓回城裡啦。

悟空，
快來救我！

南天門上，赤腳大仙啃饅頭，哼小曲兒……

左腳右腳沒有香港腳，
前腳後腳今天打赤腳。
常打赤腳身體好
天天赤腳道行高。

赤腳大仙開心哪，三魔大戰孫悟空，孫悟空已經落下風。

「嘿嘿，看你能怎麼辦？」大仙看看凡間，孫悟空力氣不足，金箍棒擋不住魔王的兵器，他朝天空一蹦，翻個觔斗跑了。

三魔笑一笑，展開翅膀，哇哦，他變成大鵬鳥，搧兩下就追上孫悟空，爪子一夾，像在夾娃娃，孫悟空也被抓走啦。

赤腳大仙得意極了：「三魔王是大鵬鳥變的，他一搧九萬里，二搧十八萬里，比猴子的觔斗雲還快。」

獅駝國，宮殿裡，柱子上綁著沙悟淨和豬八戒。

鐵籠裡，關著孫悟空。

唐三藏坐在地上，他看看孫悟空，看看豬八戒，一時悲從中來：「以前遇到困難，還有悟空救大家，今天……怎麼去取經呀？」

「對呀，孫悟空……」赤腳大仙聽得擔心起來：「魔王呀，別顧著喝酒聊天，孫悟空有七十二變，小心他跑掉呀。」

三個魔王很忙，他們忙著派五個小妖抬水，七個小妖刷鍋子，十個

小妖生火，二十個小妖抬鐵籠：「把和尚蒸熟了，大家一起享用，個個都能長生不老。」

「太好了，太好了。」赤腳大仙感動得都快哭了，「終於要蒸孫悟空啦。」

這真是值得紀念的一刻，赤腳大仙揉掉眼屎，看個仔細……四個和尚在蒸籠，蒸籠上白煙飄，但是，什麼東西飄上半空中，赤腳大仙眼睛瞪圓了——那是孫悟空，討厭的孫悟空跳到空中，召來北海冷龍，命他趴在蒸籠裡，有了冷龍，沸水再燙，也立刻降溫。

「哈啾！」豬八戒嫌冷：「這些小妖怎麼回事，蒸和尚還捨不得放木柴？喂，多放點木柴呀！」

蒸籠涼了，孫悟空摸出幾十隻瞌睡蟲，把它們往空中一扔，瞌睡蟲扭呀扭呀找鼻孔，它們爬進大妖小怪的鼻孔，妖怪一個一個揉鼻子，眨眼睛，不知不覺睡著了。

赤腳大仙急，恨不得下凡把魔王們叫醒。

可惜，大仙不能私自下凡，他眼睜睜，看著孫悟空打開鐵籠，把大家救出來，沙悟淨牽馬，豬八戒挑行李，走到城門口，城門緊密，四周掛鈴鐺，輕輕一碰，鐺鐺作響，他們改爬牆，一個一個溜出牆。

「和尚跑了啦。」大仙氣得彈一塊饅頭下來。

那塊饅頭在空中加速變大，下了凡，變成一座饅頭山，轟的一聲，直接撞破三個妖怪的宮殿。

三魔被吵醒了：「唐僧煮熟了嗎？」

大魔王揉揉眼睛，廚房裡蒸籠亂丟，鍋子冷掉，他氣得搖醒二魔：

「抓唐僧，抓唐僧，唐僧跑了。」

「跑……跑了？」二魔揉揉眼睛。

大魔王獅吼功一吼：「唐僧真的跑啦——」

哇，獅駝國四萬八千隻小妖都驚醒了，大家趕緊拿刀持槍湧到城門口。

城門關得好好的，鈴鐺也沒響，火把往牆上一照，哈哈，一匹白馬吊在城樓上。

白馬沒練過爬牆功，豬八戒和沙悟淨在城牆上將他往上拉，唐三藏正求他跳過牆。

大魔王喝一聲：「哪裡走？」

獅吼功像鐘又像鼓，唐三藏嚇得手腳酸軟跌下牆；二魔捉了沙悟淨，三魔擒住豬八戒，大妖小妖搶回白馬和行李。

孫悟空呢？他趁亂往空中一翻，逃走了。

大魔王擔心：「孫猴子如果再來？」

三魔有個好點子：「放出假消息，讓滿城小妖都去說，說唐僧被咱們吃了，說給過路行人聽，說給花草樹木聽，只要孫悟空聽到這消息……」

三個妖怪互相看了看，同時哈哈大笑。

南天門上，赤腳大仙也在笑，他看到孫悟空四處打聽消息，滿街的小妖都在說：「吃啦，吃啦，唐三藏被大王們吃啦！」

「不可能，」孫悟空混進大殿，見到綁在柱子上的豬八戒：「師父呢？」

豬八戒痛哭：「師父沒了，昨天晚上被三個妖精吃啦。」

「吃啦？」

「師兄，先救了我。」

孫悟空放聲大哭，他跳到雲端：「都是如來，要我陪師父去取經，怎麼知道師父會落進妖精嘴裡？我去找如來，讓他念念鬆箍兒咒，我好回去花果山當大王吧。」

赤腳大仙一聽，那還得了，孫悟空有三大絕招，毫毛變身術，鑽進妖怪肚子盪秋千和上天下地找神仙。

「這可不行，如果讓他找到如來，如果如來找到自己的坐騎……」

他急忙駕起祥雲，擋在空中。

遠遠的，孫悟空來了：「大仙，借過，我急著找如來呢。」

赤腳大仙正經的說：「如來不在家，他去南天門找玉帝了。」

這叫一報還一報，當年孫悟空亂指揮，害他被綁在捆仙柱子上，今天倒要整整這隻潑猴……

「太好了，謝謝大仙。」孫悟空立刻調頭往南天門走。

大仙慢悠悠跟在他後頭，等著看孫悟空出糗。

沒想到，南天門外瑞氣千條，如來佛到了，普賢菩薩到了，文殊菩薩到了。

他們都要下凡去。

赤腳大仙忍不住問：「這些菩薩……」

廣目天王說：「真糟糕，連如來佛的大鵬鳥都私自下凡，擋著唐僧取經。」

「是嗎？」赤腳大仙吐吐舌頭，太巧了吧？他想騙孫悟空，卻那麼剛好，如來佛也到了南天門。

他正沮喪，孫悟空拍拍他肩膀：「大仙，謝謝你，如來佛說我師父沒被吃掉，我要下去救他，再見。」

「再見。」赤腳大仙揮揮手。

「啊！」孫悟空又折回來：「忘了跟你說，玉帝找你。」

「現在？」赤腳大仙看看太陽，下午一點鐘。

「很急喔！」

「什麼事？」

「聽說跟升什麼官有關，好像……」

等了這麼久，玉帝終於要幫他升官了。赤腳大仙興匆匆跑進靈霄寶殿，殿前的石獅擋他，他推開，柱子上的金龍叫他，他不理。

「急事，玉帝找我呢。」

他用力推開大門：「赤腳大仙到。」

殿裡頭安安靜靜，金漆大床上，玉帝在睡午覺嘛。

赤腳大仙想起來，玉帝睡午覺時最氣神仙吵他……

他正想退出去，玉帝拉開蚊帳，臉拉得比麵線還長：「我最近忙翻了，你知不知道？三隻坐騎下凡去搗蛋，你……你是赤腳大仙？」

「我……我是赤腳……小仙。」大仙每講一個字，就往後退一步，一句話講完，退了幾十步，退到了殿外頭。

玉帝的下床氣很重：「把他綁在捆仙柱子上，等我睡醒了，再處罰他。」玉帝大手一揮，赤腳大仙又被拉到捆仙柱子上。

任何一個神，只要綁在捆仙柱子上，所有的法力都會消失的。

赤腳大仙法力消失前最後一刻，他還不放棄，天眼通出現了這樣的畫面：

普賢菩薩出現後，大魔王變回青獅。

文殊菩薩到時，二魔乖乖變身成白象。

三魔在如來佛的法力下，揮揮翅膀，現出大鵬鳥的本相。

菩薩們騎著自己的坐騎，回西天去了。

取經四人組跟菩薩揮揮手：「我們很快就會到的。」

更可惡的是，那隻猴子回頭朝著南天門的方向比個「耶」的勝利手勢……

「你！」赤腳大仙的天眼通突然一黑，唉呀呀呀，他的法力消失了，這下什麼也看不到了。

「可恨哪！」大仙痛苦的大叫一聲，他的聲音傳遍天庭，似乎在提醒大家，千萬別惹孫悟空，如果你不想被綁在捆仙柱子上的話……

56
讀書會
奇想西遊記《都是神仙惹的禍》故事裡出現了許多神仙和妖怪，他們和孫悟空之間的鬥法精采又有趣，你能分得清這些神仙妖怪們有哪些法術和寶物嗎？
翻開【西遊妖怪小學堂】，一起回顧吧！

書名祕密大解析

書名藏著故事的祕密，讓我們一起來解密：

1 「奇幻西遊記」是什麼意思？用你自己的話說說看。

2 「都是神仙惹的禍」是什麼意思？用你自己的話說說看。

題目設計：
宜蘭縣岳明國小 蔡孟耘老師

故事標題露玄機

1 故事裡出現的標題露出了什麼玄機呢？請先研究一下標題和組織圖：

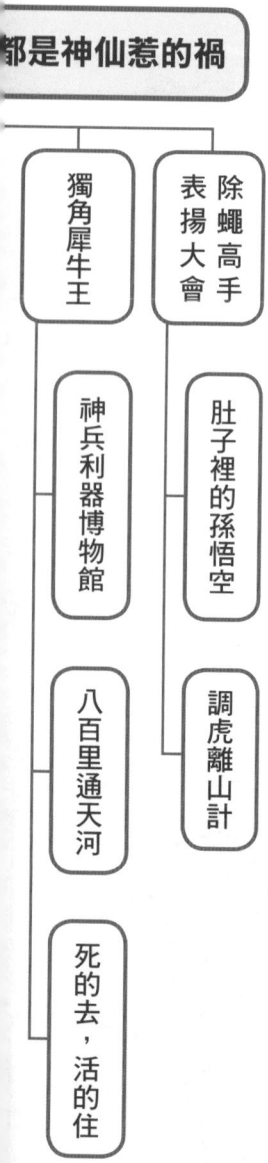

奇幻西遊記之

- 銀角大王
  - 裝天的寶貝
  - 幌金繩
  - 好一窩孫悟空
  - 母葫蘆不響公葫蘆響
- 赤腳大仙的冤情
  - 二郎神出征
  - 如來佛的手掌心

2 請你參考標題和組織圖，分別填入左邊表格裡。

妖怪名	神仙名	妖怪的計策	孫悟空的計策	其他神仙的計策	寶物名
				二郎神出征 如來佛的手掌心	
銀角大王			好一窩孫悟空 母葫蘆不響， 公葫蘆響		

內容提問助理解

1. 赤腳大仙先後放了那些妖怪下凡？他們分別是什麼變的？
（例：金角、銀角大王：太上老君的金童銀童）

2. 赤腳大仙在天庭的角色是什麼？

3. 為什麼赤腳大仙會這麼氣孫悟空？

4. 孫悟空在書裡有好幾個稱呼，分別是什麼？

5. 孫悟空為何會有金剛不壞之身？

6 這些妖怪為什麼要抓唐僧？

7 請分別說出這些寶物有什麼厲害之處：

寶物	厲害之處
銀角大王的紫金葫蘆	
銀角大王母親的幌金繩	
孫悟空的金箍棒	
廣目天王的火龍火馬火鴉火槍火刀火箭	
龍王的白玉碗	
托塔天王的天王刀	
十八羅漢的金砂	
犀牛王的黃金圈	
靈感大王的九瓣銅鎚	

推薦文

千古傳唱的「西遊」故事

國立中正大學中文系教授 **謝明勳**

多年之前，在盛極一時的知名電影：魔戒（The Lord of The Rings）首部曲中，曾經出現一段發人深省的話語：

不該被遺忘的東西也遺失了，歷史成為傳說，傳說成為神話。

乍看之下，這段文字似乎是平淡無奇，但是用以檢證人類的歷史文明，許多事情往往都是不謀而合，它不時可以印證「歷史、傳說、神話」三部曲式的演化，儼然已經成為「由史而文」的無形規律，在此同時，也讓歷史真實與文學虛構之間彼此相互交錯。

歷史上，玄奘法師的確是實有其人，西天取經也是實有其事，只不過在大唐肇建不久，外患威脅依舊持續存在，國家局勢尚未完全穩固的唐代初期，玄奘法師向官方正式提出之「西行求法」的宗教活動申請，並未獲得朝廷允許。然而，唐僧追求真理的熱切意志並沒有因此而被澆息，他改以私行偷渡的方式默默進行，在因緣巧合的情況下順利出關，開啟了一段艱苦的西域之行。不容諱言，這一段真實歷史在人們馳騁想像之後，已經與真正的歷史愈離愈遠，它無疑是人們有意美化其事的結果。姑且不論它是傳說也好，神話也好，在人們「看似無心，實則有意」之選擇性遺忘，以及通過文學作品美化其事的特殊效果，西遊故事在「唐僧西行取經」的不變框架下，加入神魔元素，後來出現之文學作品遂蛻變成為充滿歷劫、考驗之冒險遊歷旅程，在諸多神魔不斷施展法術變化的翻騰挪移下，許多原本驚險的考驗都變得趣味橫生，宗教追尋不再只是對於向道之人的心志考驗，沿途不斷出現之妖魔鬼怪的阻道刁難，反而讓冒險遊歷的果實因之變得更加甜美。

鬥智鬥法，令人目眩神迷

《西遊記》書中除了眾所熟知之「取經五聖」（唐三藏、孫悟空、豬八戒、沙和尚、龍馬）之外，不同之「單元故事」不時出現之妖魔鬼怪，其所採取之阻撓取經行動的手段與各自擁有之神奇法寶，都讓人們感到目眩神迷，讀者的心緒亦不時隨著故事情節的高下起伏而跌宕奔竄，正邪雙方的鬥智鬥法，以及滿天神佛的不時出手協助，都是人們津津樂道的重要一環，也是廣大讀者建立認知體系以及吸納知識的重要管道。

事實上，許多看似平常的法器，實際上都是某種特定思維的具現，諸如平頂山蓮花洞之金角大王與銀角大王，其所擁有之紫金紅葫蘆與羊脂玉淨瓶，能夠在人們回應其所呼之名後，將回應者予以吸入，這其實是一種「名字巫術」，講述故事的背後，實際上帶有某種教誨的目的。「三打白骨精」的鋪陳手法，則是文學上之「反復」（或稱「三復」），它以相同之語言、手法，接二連三的重復出現，這在民間講述以及通俗文學作品之中實頗為常見。

毘藍婆以其子昂日星官眼中煉成之金針，大破蜈蚣精之金光陣，則是源自於雞剋蜈蚣之物類「相剋」原理。兔子精拋繡球定親，則是「緣由天定」的一種婚姻習俗。人參果則是中國古老的仙鄉傳說，是對於「不死」與「異域」的想像書寫。紅孩兒一事則是觀世音菩薩與善財童子五十三參故事的改寫，西梁女國則是「女兒國」傳說的餘緒。「烏雞國」則是「無稽」的諧音，是西遊作者的文字遊戲。簡言之，書中許多故事都是文學與知識的載體，承負著當代社會對於閱聽者的潛移默化。

「西遊」故事流傳至今已經超過千年，在口語講述的過程中，它是充滿變異性的，即使是在文字文本寫定之後，也並不意味著西遊故事從此定型，它依舊可以在人們舌燦蓮花的講述過程，或是文學作家妙筆生花的改寫之中，以嶄新形態站上文學舞臺，得到新的文學生命，而眾所周知的神佛與妖怪，在此一文學「轉化」與「新變」的過程中，亦只不過是文學創作者重新賦予生命的有機體，只要能讓有趣的故事吸引住眾人目光，與時俱進之新元素的加入，都是西遊故事得以蛻變提升，走向群眾內心之中的一個開端，而【奇想西遊記】正是此類「故事新編」的嘗試之作。

經典文化向下深耕

眾所周知，文學是靈動而非凝滯，它絕非一成不變，而是必須與時俱進，換句話說，因應不同讀者群的需求，將眾人熟知之古典文學予以適度改寫，使之能夠漸次普及，此係文化向下深耕的重要一環。

回顧西遊故事的發展歷程，歷史上的玄奘法師並非奉命西行，而《西遊記》中對於唐太宗以聖主明君形象與玄奘結拜成異姓兄弟，稱其為「御弟」，無疑是不合史實的，然而這一點在欣賞《西遊記》這部偉大之文學作品時，實是無須深究的。或許，絕大多數人心中所認知的三藏法師，並不是來自於《大唐西域記》或是《大唐大慈恩寺三藏法師傳》的描述，而是襲自通俗小說《西遊記》的口耳相傳。通過這部「奇書」，我們依舊可以清晰看到玄奘法師肩負淑世濟眾的偉大宗教情操，讓長達十萬八千里艱苦萬端的取經路程充滿神聖的光輝，每一步都是有利於黎民百姓。所謂之「西天取經」，應當不只是對於人心的嚴格考驗，更是人生成長歷程的縮影。每一個人心頭當中都有一座靈山，我們可以用宗教之「由人成神」、「由俗轉聖」的歷程視之，也可以將它理解成是「人生理想」的不斷追尋與實踐，這或許更能符合一般普羅大眾的世俗眼光，也更能切合人心需求，而這一點應當是西遊故事之所以能夠吸引住歷代世人目光，而且歷久不衰的真正原因所在。

推薦文

從經典中再創西遊記的新視界

東海大學中文系副教授 **許建崑**

《西遊記》是一本家喻戶曉的神魔小說，充滿了奇幻色彩。全書共一百回，可以分為頭、頸、身體三個部位。

頭部有七回，描述孫悟空誕生，尋找水簾洞，跋山涉水向菩提祖師學法術，又向海龍王索討武器，撕毀閻王殿生死簿，接受了天庭招安，兩度封為弼馬溫、齊天大聖，最後因偷吃蟠桃、仙酒、仙藥，被天庭通緝。他被二郎神打敗，關進太上老君八卦爐，僥倖逃脫，又向如來佛祖挑戰失敗，被壓在五行山下受懲罰。

頸部有五回，屬於過場性質。先說觀世音來中土尋找取經人；再交代唐三藏的父親陳光蕊被強盜所害，而母親將他「滿月拋江」，漂流到金山寺前，被長老收養。直到十八歲那年，他尋找母親，去萬花店與祖母相認，再行祭江救活了父親。故事緊接著一段「漁夫和樵夫對話」之後，引出涇河龍王與袁守誠、魏徵、唐太宗之間的瓜葛。唐太宗從地府返回陽間之後，派劉全送南瓜給閻王，幾經生死的折騰，也就虔心禮佛。而觀世音適時到來，點化唐三藏，讓他接受唐太宗的託付，前往西天取經。

至於身部，從第十三回開始到一百回，共有八十八回，包含四十一個小故事。唐三藏在途中收了孫悟空、龍馬、豬八戒、沙悟淨等人為徒，一同前往西天，途經黑風山、黃風嶺、五莊觀、白虎嶺、平頂山、盤絲洞、黃花觀、獅駝嶺，渡過了流沙河、黑水河、通天河、子母河、凌雲河，也通過寶象、烏雞、車遲、女兒、祭賽、朱紫、比丘、欽法、天竺等國家，一路上與虎、熊、牛、鹿、羊、鼠、豹、犀、蜘蛛、蜈蚣、樹等妖精戰鬥，也遭遇牛魔王、鐵扇公主、如意真仙、紅孩兒等黑手黨家族份子的刁難，更受到仙界成員的襲擊，如太上老君的童子、青牛，彌勒佛的童子，觀音的金魚，文殊、普賢的獅、象坐騎，佛祖的金雕，嫦娥身邊的玉兔，奎木狼星，還有老龜龜等造難。真是關關難過關關過，最終到達了西天，從佛祖那裡取回法、論、經三藏，完成使命。

這一百回故事充滿奇幻色彩，用傳統「說書」的語氣建構了光怪陸離的想像世界，展現先民對宗教神祇譜系化與歷史化的企圖，也反映了當時代社會、政治、經濟、文化等諸多面貌，同時又兼具諷刺、揶揄與遊戲的特質。但因為全書將近七十二萬字，篇幅甚大；故事雖然精采，其中的情節、思想、語彙，對現代小讀者而言未必適合閱讀。

有許多作家因此續寫、改編《西遊記》，或者以漫畫、電影、電視劇的方式再創。

然而，大部分的改寫者不是長篇改短，留下「精華」，失去「氣魄」；或者只利用角色、地名等「空架子」，任意改換故事情節，失去了經典的原味。

王文華的再創策略

王文華【奇想西遊記】的再創，則採取細緻的書寫策略，他保存原書細節，不任意發揮，使讀者輕而易舉的「重返」經典現場。為了兼顧讀者閱讀的時間和「體力」，他把原作冗長而無機拼貼的「頭—頸—身」架構，拆成了四組故事，並且找出赤腳大仙、獨角仙、白骨精、人參果等四個角色做為串場人物，提供了新的「鳥瞰」視角。

赤腳大仙被孫悟空騙了，錯失蟠桃盛宴，還被玉皇大帝誤為禍首，綁在捆仙柱上受折磨。他對孫悟空恨之入骨，雖然身在天庭，卻關注著地面上取經團的一舉一動。金角大王、銀角大王在平頂山所設的陷阱，他看得一清二楚；青牛精私自下凡，用太上老君的金剛琢，取走了孫悟空、李靖、哪吒、水部、火部、十八羅漢等神的武器，他也是幸災樂禍；通天河的金魚精，獅駝嶺的獅、象與大鵬精，都是觀世音、文殊、普賢、佛祖的「家人」，他們侵犯取經團的時候，赤腳大仙總是用力按讚—書名為「都是神仙惹的禍」，十分洽當。

第二部是長大成獨角仙的雞爺爺蟲，自號混世魔王，孫悟空不在家的時候占領了水簾洞，結果被孫悟空一腳踩到地底下。他變出金角藍翅膀，飛到黑風山，慫恿黑熊精搶奪唐三藏的袈裟；託夢給滅法國國王，嗾使殺害一萬個和尚；又與車遲國的虎力、鹿力、羊力大仙組成「復仇者聯盟」，還是沒辦法整到孫悟空。獨角仙乾脆變成假孫悟空，與孫悟空爭高低。最後的結果可想而知，他又被埋在地底下，五百年後才能重見天日。

第三部是白骨精生前的小妖妖，掉進鍋子裡，被煮成了白骨，丟棄路旁，因為一心「想吃唐僧肉」，所以化作白骨精來作祟。他在寶象國，教嗾奎木狼星抓住唐三藏；又去找盤絲洞蜘蛛精、黃花觀蜈蚣精，設下圈套；最後到了天竺國，與玉兔精聯手，無非要分得一塊唐僧肉。小妖妖最後沒有吃到唐僧肉，不過卻得了一份不錯的工作，還意外有了長生的機會。

最後一部題名為「神奇寶貝大進擊」。生長在五莊觀又醜又小的人參果，跟著孫悟空環遊仙島；又隨取經團西行，在途中遭遇了紅孩兒打劫；在寶林寺幫烏雞國王伸了冤；渡過子母河時，看見唐僧與豬八戒懷了孕，也體會了孫悟空忠心勤懇，努力救主人的熱忱；在小雷音寺，他幫助孫悟空收伏彌勒佛的小徒弟；最後在火焰山，見識羅剎公主芭蕉扇的威力，也親臨孫悟空大戰牛魔王的沙場。活了九千年的姆指頭，在旅途中，有了多次變化，很神奇呢！最後變成了姆指妹，她決定留在火焰山，培養出八百棵人參果樹，子子孫孫繁衍至今，有了好歸宿。

提供孩童新的視界

王文華的書寫策略，情節緊湊，文字潔淨，避開長篇累牘的鋪陳，也減低了形上哲學的論述，而仍然保有《西遊記》原典的赤子心情，顯然是成功的再創。更重要的是，這一套四部的【奇想妖怪記】，在淺顯易懂的語彙中，與孩子分享日常生活的智慧與啟示，貼近了孩子的心坎。

孩子們可以選擇其中一本閱讀，行！要是愛不忍捨，連續讀上四本，也行！要是還不滿足，找出《西遊記》原典來，也可以一無阻礙的閱讀。因為王文華的思考模式與敘述視角，已經為孩子生發出更有效率的閱讀策略呢。

奇想西遊記 1

都是神仙惹的禍

作者｜王文華
繪者｜托比

繪圖協力｜Hamburg、丸弟迪、小崔
責任編輯｜蔡珮瑤
封面設計｜蕭雅慧
行銷企劃｜葉怡伶

天下雜誌群創辦人｜殷允芃
董事長兼執行長｜何琦瑜
媒體暨產品事業群
總經理｜游玉雪
副總經理｜林彥傑
總編輯｜林欣靜
行銷總監｜林育菁
副總監｜李幼婷
版權主任｜何晨瑋、黃微真

出版者｜親子天下股份有限公司
地址｜台北市 104 建國北路一段 96 號 4 樓
電話｜（02）2509-2800　傳真｜（02）2509-2462
網址｜www.parenting.com.tw
讀者服務專線｜（02）2662-0332　週一～週五：09:00~17:30
讀者服務傳真｜（02）2662-6048
客服信箱｜parenting@cw.com.tw
法律顧問｜台英國際商務法律事務所．羅明通律師
製版印刷｜中原造像股份有限公司
總經銷｜大和圖書有限公司　電話：（02）8990-2588

出版日期｜2014 年 9 月第一版第一次印行
2024 年 5 月第一版第二十七次印行
定　　價｜280 元
書　　號｜BCKCJ026P
ISBN｜978-986-241-947-2（平裝）

訂購服務
親子天下 Shopping｜shopping.parenting.com.tw
海外．大量訂購｜parenting@cw.com.tw
書香花園｜台北市建國北路二段 6 巷 11 號　電話（02）2506-1635
劃撥帳號｜50331356 親子天下股份有限公司

國家圖書館出版品預行編目資料

奇想西遊記. 1, 都是神仙惹的禍 / 王文華文；托比圖.
-- 第一版. -- 臺北市：天下雜誌, 2014.09
187面；17X21公分. --（樂讀456系列）
ISBN 978-986-241-947-2（平裝）
859.6　103016522

立即購買 >
親子天下 Education · Parenting Family Lifestyle
親子天下 Shopping
親子天下 有聲故事書